滄海叢刊

大陸文藝論衡

周玉山著

1990

東大圖書公司印行

國立中央圖書館出版品預行編目資料

大陸文藝論衡／周玉山著－－初版－－
台北市：東大出版：三民總經銷，民79
面；　公分－－（滄海叢刊）
ISBN 957-19-0084-2（精裝）
ISBN 957-19-0085-0（平裝）

1.中國文學-歷史-現代（1900-　）
820.908

著者　周玉山
發行人　劉仲文
出版者　東大圖書股份有限公司
總經銷　三民書局股份有限公司
印刷所　東大圖書股份有限公司
地址／臺北市重慶南路一段六十一號二樓
郵撥／〇一〇七一七五—〇號
初版　中華民國七十九年三月
編號　E 82060
基本定價　貳元陸角柒分
行政院新聞局登記證局版臺業字第〇一九七號

ISBN 957-19-0085-0

自序

時序進入九十年代，舊世紀漸終，新世紀在望，環顧全球，好一片民主潮！從天安門廣場到布拉格街頭，中外人民以鮮血熱淚，灌溉了解凍前夕的赤土，也換來了機槍坦克或初步的自由。「血沃中原肥勁草，寒凝大地發春華」，神州的綠化當不在遠，文字收功之日亦可期待。

中共對文藝的重視，可謂史無前例，惜乎取決偏向政治，作用多屬負面，大陸文壇的園丁也就辛苦萬狀了。中共自三十年代成立「左聯」以來，即交付文藝過多的任務，四十年代正式頒布文藝政策後，更欲砍殺不屈的靈魂，毛澤東時代如此，鄧小平時代亦然，死去的王實味和活著的白樺，告訴我們同樣的消息。值得在此重申的是，文藝政策如驚鳥之弓，長期以來握在中共手中，偶有鬆手之時，但無棄弓之日，大陸作家的悲劇遂層出不窮。

本書即從一九四九年前後的中共文藝政策起論，說明其據有延安之前，已於文藝戰場上先操勝券，毛澤東昔日得逞的啓示，鄧小平心領神會，對作家也就既拉攏又威嚇了。時至今日，鉛字在大陸仍多屬管制品，作家欲發表作品，須先通過層層把關，與毛澤東時代殊無二致。「有創作自由，下筆如有神；無創作自由，下筆如有繩」。所謂社會主義的創作自由，既以堅持四項基本原則為前提，下筆有神就成為不少大陸作家的奢望了。

政治原是一種藝術，重視中庸之道。對共產黨而言，藝術却是政治的一部分，因此有文藝政策之設，展示了傲慢與偏見。由於此種政策惡名昭彰，自由世界多引為殷鑒，三十年代保衞文學的梁實秋先生和胡秋原先生，也都不贊成訂立政策。然而我們既不能放棄文藝，又要避免重蹈共產黨的覆轍，所以提出文藝主張時，宜對作家只有鼓勵，沒有責罰，主要依據有二：

一為三民主義。我們需要關懷民生，熱愛民權，並呼號民族喜怒哀樂的文學。文學是哲學的藝術化，三民主義文學自以民生史觀為哲學基礎，强調精神與物質兼顧。在民族主義方面，重視恢復民族精神與民族地位，以文學為喚起民衆的最佳媒介。在民權主義方面，闡揚全民政治的理想，兼及自由與平等的精義。在民生主義方面，描繪全民生活的風貌，尤重〈育樂兩篇補述〉中的心理康樂。該節提倡民族文學，反對商業化的泛濫，如今更值得參考。

二為中華民國憲法。憲法第十一條規定，人民有言論、講學、著作及出版之自由。第一百六十五條規定，國家應保障教育、科學、藝術工作者之生活，並依國民經濟之進展，隨時提高其待遇。凡此主張，均應力求實踐，兼以强化和共產黨的對照。

本書並以魯迅為題，追溯其對五四運動的原始評價，此與中共所述者頗有出入。魯迅生哀死榮，胡風、蕭軍等弟子沿襲遺風，結果皆遭刼難，固因個性耿直所致，中共的文藝政策實為淵源。王蒙因此下放與上臺，六四慘案後被黜，亦和執行不力有關。遇羅錦因此受辱，終於投奔自由。劉賓雁與王若望因此開除黨籍，結果或棲身在外，或監管在案。周揚因此而掌權，長期肆虐後報在己身，換來晚年的壯悔。中共文藝政策的衆叛親離，五十年來人皆見之，其中有多少慘痛飛迸！

如此重要的課題，在臺灣却屬冷門，若非三民書局兼東大圖書公司的主持人劉振强先生厚愛，本書恐難公諸於世，每思及此，實深感激。編輯部的王韻芬小姐和黃國鐘先生等位，催生本書亦不遺餘力，使我沐於友誼的暖流中。

今以此書，呈獻父親 世輔公在天之靈。父親是學術界的苦行僧，棄養前夕猶執筆不輟，民國七十七年十一月十四日大去，帶給我此生最大的哀痛。他日當以散文的篇章，敬述父親高潔的人格，永恒的慈愛！

大陸文藝論衡　目次

抗戰時期中共的文藝政策

一、前　言

國史上最慘烈的戰爭，非抗日戰爭莫屬。大陸在八年的焦土後，越四載卽告赤化，速度之快，超乎中共自己的預料，毛澤東爲此曾感謝日軍。一九六四年七月十日，他接見日本社會黨人士時一再表示，倘無皇軍侵略中國，共產黨就奪取不了政權，因此，「日本軍國主義給中國帶來了很大的利益」❶。此說完全映現中共的立場，無視中國人民的血淵骨嶽，置民族大義於度外，

❶ 毛澤東：〈接見日本社會黨人士佐佐木更三、黑田壽南、細迫兼光等的談話〉（一九六四年七月十日），收入《毛澤東思想萬歲》第一輯，一九六九年八月編印，中華民國國際關係研究所複製，一九七四年七月，頁五三四。

也顯示中共與中國的重大差距。

大陸赤化的原因不止一端，除日本的侵略外，中共本身的努力亦有以致之。一九三七年九月，國民政府宣布收編共軍後不久，毛澤東向其部隊講話：「中日戰爭爲本黨發展之絕好機會，我們的決策是七分發展，二分應付，一分抗日。爲使各同志今後工作便利，卽使失卻聯絡時，亦能有不變之工作目標從事進行起見，特將此項決策告知各同志❷。」中共在軍事戰場上如此，在文藝戰場上亦有相似的策略，後者尤見工程之精細，值得吾人檢視，以收鑑往知惕之效。

二、抗戰前夕中共文藝統戰的國際背景

一九三一年九一八事變後，中國人民反日情緒高漲，蘇聯鑒於東北接壤其境，日、德、義三國獨裁政權又逐漸形成反蘇軸心，便一面與此三國力謀妥協，一面以第三國際名義號召成立統一戰線，命令各國共黨羣起擁護蘇聯及反帝。

第三國際提出統一戰線的口號而與日本該項行動有關者，始於一九三三年十月國際執委會第十二次全會，中共方面則始於一九三四年四月「爲日本帝國主義強佔華北，併吞中國告全國民衆

❷〈第八路軍中共支部書記李法卿揭述中共在抗戰期中整個陰謀〉，收入《摩擦問題的眞相》，江西泰和《尖兵》半月刊社，民國二十九年一月出版，頁一。

書」，後者內容脫胎於前者，顯係遵奉國際的特別指示而執筆，或根本是國際以其名義代爲起草發表的。統一戰線簡稱統戰，又名聯合戰線，其意義可用列寧的一語以蔽：「聯合次要敵人，打擊主要敵人」。毛澤東對該策略的闡釋是：共產黨在聯合中仍要從事鬪爭，指導原則是「利用矛盾，爭取多數，反對少數，各個擊破」。具體的作法則爲「發展進步勢力，爭取中間勢力，孤立反共頑固勢力」❸，自以分化和消滅其對手爲目的。

一九三五年七至八月，第三國際舉行第七次大會，爲配合蘇聯的外交政策，乃要求各國共產黨與社會民主黨聯合，並與領導羣衆的領袖及非社會主義者聯合，甚至連右翼黨派，只要是反對納粹德國或日本，都可成爲聯合的對象。該次大會史達林居於導演地位，季米特洛夫等擔任主角，中共出席者有陳紹禹、康生等。當時德、日、義關係密切，反共勢力益張；中共於一九三四年九月底開始西竄，路長人困，有被殲滅的可能，蘇聯不能寄望其推翻國民政府，更欲扶其將傾，史達林便提出統一戰線，指示中共應當竭力擴大民族解放戰線，吸收凡是決意抵抗日本及其他帝國主義侵略的民族勢力。決議案另與中國有關的部分是：「在中國，必須擴大蘇維埃運動與鞏固紅軍的戰鬪力，與在全中國開展的人民反帝運動連結起來。這個運動應該在下列口號之下進行：武裝人民進行民族革命鬪爭，反對帝國主義強盜，首先反對日本帝國主義及其走狗，蘇維埃

❸ 毛澤東：〈論政策〉（一九四〇年十二月二十五日），收入《毛澤東選集》第二卷，人民出版社，一九六五年六月北京第十二次印刷，頁七六〇。

應當成爲中國人民解放鬭爭的團結的中心」❹。此段文字卽中共〈八一宣言〉的指導原則，其堪注意者，不再公然叫罵國民黨及其領袖。

陳紹禹在七大會議中，代表中共提出「論反帝統一戰線問題」的報告，認爲「沒有其他的任何辦法能動員全體中國人民去與日本帝國主義作神聖的民族革命鬭爭」。接着對中共應用反日統一戰線策略曾犯的錯誤提出批評，然後代表個人也代表中共中央，明揭抗日救國政策的具體步驟是：向全國人民，向一切政黨、派別、軍隊、羣衆團體以及政治家和名流們提議，與中共一起組織全國統一的國防政府和抗日聯軍。

遵照大會決議，陳紹禹以中共中央及蘇維埃政府的名義，在莫斯科發出著名的〈八一宣言〉，要求與各黨派、團體、名流學者、政治家以及地方軍政機關，進行談判，共同成立國防政府，組織抗日聯軍總司令部。「蘇維埃政府和共產黨再一次鄭重宣言：只要國民黨軍隊停止進攻蘇區行動，只要任何部隊實行對日抗戰，不管過去和現在他們與紅軍任何舊仇宿怨，不管他們與紅軍之間在對內問題上有任何分歧，紅軍不僅立刻對之停止敵對行動，而且願與之親密攜手，共同救國」❺。這些「親密」的保證是不可能兌現的，七大通過的「帝國主義準備新的世界大戰與共產

❹〈法西斯主義的進攻和共產國際爲造成工人階級反對法西斯主義的統一而鬭爭的任務〉，見王健民《中國共產黨史稿》增訂本第三編，香港中文圖書供應社，一九七四－一九七五年出版，頁三八。

❺〈中共爲抗日救國告全體同胞書〉（〈八一宣言〉）（一九三五年八月一日），見王健民：《中國共產黨史稿》增訂本第三編，同❹，頁四四。

國際底任務」決議中，分明表示中共在反帝的同時，還要反國民黨。

一九三七年春，中共印行《黨的策略路線》，即坦承停止內戰，聯合各黨派一致抗日，是策略口號。這個理論本遵列寧主義而來，史達林曾於一九二四年四月撰寫〈論列寧主義基礎〉，表示當敵人力量強大時，當退卻必不可免時，當受敵人挑撥而去迎戰是顯然於己不利時，當在對比下只有實行退卻，才能使共產黨免受打擊而保存其後備力量時，必須隨機應變，實行正確的退卻。這種戰略的目標，就是要贏得時間，瓦解敵人，養精蓄銳以便反攻。「列寧說：要進行這樣的戰爭而同時卻預先就拒絕採用見風轉舵的手段，拒絕利用敵人，與各種可能的（那怕就是暫時的、不穩固的、動搖的、有條件的）同盟者通融或妥協——這豈不是可笑到極點麼?」「革命者採用改良，是爲了利用它作爲掛鈎來把公開工作和秘密工作聯結起來，是爲了利用它作爲掩蔽物來加強秘密工作，以便用革命精神準備羣衆去推翻資產階級」❻。

史達林在七大時，更假口季米特洛夫，特別指示中共，要依靠民衆的意志，有系統地與國民黨建立民族戰線，「共產黨要動員全國的輿論去做」。中共也自知在革命情緒低落及力量縮小時，只有抗日才能保存實力，因爲抗日可以得到國人同情，可以分散與緩和敵人的攻勢，所以稟承以上的訓示，推行抗日民族統一戰線，而在文藝界用力最深，收效也最大。

---

❻ 斯大林：〈論列寧主義基礎〉，收入《共產黨原始資料選輯》第三集，中華民國國際關係研究所、國立政治大學東亞研究所輯印，民國五十八年十月出版，頁一二七。

三、中共在抗戰爆發前後的文藝路線

一九三四年五月三日，中共及其外圍分子利用宋慶齡爲首，在上海發表「中國民族武裝自衛委員會爲對日作戰宣言」，展開統戰活動。〈八一宣言〉後更擴大宣傳，歷久不衰。此等文字發自黨團政軍各方面，不下數十萬言，茲將西安事變以前的重要統戰文件列後：

㈠蘇維埃政權及革命軍委會「抗日救國宣言」（一九三五、十一、二八）。

㈡中共中央「目前政治形勢與黨的任務決議」（一九三五、十二、二五）。

㈢蘇維埃政權「關於召集全國抗日救國代表大會通電」（一九三六、二、二一）。

㈣中共中央「爲創立全國各黨各派的抗日人民陣線宣言」（一九三六、四、二五）。

㈤蘇維埃政權與軍委會「停戰議和一致抗日通電」（一九三六、五、五）。

㈥中共「致國民黨書」（一九三六、八、二五）。

㈦中共中央「關於救亡運動的新形勢與民主共和國的決議」（一九三六、九、十七）。

㈧「毛澤東致蔡元培書」（一九三六、九、二二）。

㈨「毛澤東、朱德等致蔣委員長書」（一九三六、十二、一）。

一九三六年十二月十二日西安事變發生，中共的統戰工作可謂完全得心應手。

中共除加緊宣傳外，並致力於組織與行動。當時日本正在華北加強侵略，國人民族主義情熾，中共「國防政府」和「抗日救國代表會議」的號召頗具吸引力。其統戰活動發於平津，盛於上海，波及各大城市，一年而全國風靡。平津方面，有一九三五年「一二·九」學生事件，及各救國團體如北平學生救國聯合會、北平民族解放先鋒隊、天津學聯會、華北各界救國聯合會、北方人民救國大同盟、平津文化救國會等三十餘團體之設。上海方面《大衆生活》《救國時報》《抗日先鋒》等刊物盛極一時，又有各救國團體之勃興，如上海文化界救國會、中國學生救國聯合會、上海各大學學生救國聯合會等。一般由非共分子出面主持，但不乏中共統戰分子幕後操縱者。其成立程序是有步驟的：先組織各個團體救國會，再組織各類團體救國聯合會，然後是各地方救國聯合會，最後則為全國各界救國聯合會。一九三六年五月底至六月初，全國各界救國聯合會成立於上海，參加者有六十餘個團體，並十八個城市的代表。其時「中國左翼作家聯盟」業已解散，此種救國會適為中共的新工具，要角包括沈鈞儒、章乃器、陶行知、鄒韜奮等。

「左聯」所以瓦解，不僅由於江西蘇維埃之失敗，魯迅和周揚之對立，也由於一二八戰爭和文藝自由論辯，以及繼起的民族主義潮流，一二九運動即為顯例。因為文藝自由解除了文藝為無產階級服務的理論基礎，而民族主義與階級主義積不相容，一二九運動更是愛國天性的自發。稍早蘇聯已了解中國民心的趨向，命令中共轉變政策，然而直到該運動興起，中共才迅速改變赤色面孔，由劉少奇和彭眞等全力滲透與利用，並以救國會和生活書店為工具，加上一般官吏與教育界的遲鈍或低調，才為中共所乘❼。中共的史家也承認「左聯」有缺點，主要表現了宗派主義和關門主義的作風。馮雪峯曾謂這種作風縮小了當時文藝運動的統一戰線，減弱了彼等的鬬爭力量。其次，「左聯」也受到當時中共在政治上左傾機會主義及後來教條主義的影響，這些錯誤未能及時完善的糾正，致使文藝理論上受到感染，此亦為形成宗派主義和關門主義的原因。「左聯」人物自承在與胡秋原先生和蘇汶先生論戰時，犯了機械論（理論上）和左傾宗派主義（策略上）的錯誤，但這項自我糾正顯然不夠徹底，直到一九三六年春，因應政治上抗日民族統一戰線的號召，解散「左聯」以後，才全面清算過來。

換言之，「左聯」的存在成為中共推行統戰時的障礙，所以必須犧牲。中共正如第三國際，對於任何意見都按政治市場的需要而發表，在文化上由無產階級革命轉變為民族統一戰線，即發動自第三國際而非中共，因此一如黨內反對這種轉變的爭議，在文藝方面也有相關的論辯。隨着「左聯」的奉命解散，爆發了環繞兩個口號之爭。

「左聯」既為中共策畫成立的，魯迅自始至終未曾加入共產黨，所以只能是名義上的領袖。中共對於魯迅只當做同路人，尊而不親，彼等自有文化運動路線，並非要魯迅實際領導。「左聯」成立時中共派潘漢年為代表，馮乃超、陽翰笙先後任黨團書記，後又改派周揚接替工作。為

❼ 胡秋原：《一百三十年來中國思想史綱》，臺北學術出版社，民國六十九年五月四版，頁一五二。

了配合中共政治上「國防政府」的號召，周揚提出「國防文學」的口號，並且廣爲推展，而有「國防戲劇」、「國防詩歌」、「國防音樂」等方面的應用。

周揚謂華北事件後中國形勢起了一個新的基本變化，亡國的危懼把一切不願做亡國奴和賣國賊的中國人逼上了唯一的道路，就是一致向侵略者展開民族革命戰爭。「全民族救亡的統一戰線正以巨大的規模伸展到一切的領域內去，文學藝術的領域自然也不能例外。國防文學就是配合目前這個形勢而提出的一個文學上的口號。它要號召一切站在民族戰線上的作家，不問他們所屬的階層，他們的思想和流派，都來創造抗敵救國的藝術作品，把文學上反帝反封建的運動集中到抗敵反漢奸的總流」。在這些堂皇的文字之後，他仍然不免共產黨的統戰語氣，認爲一個小小的勞資爭論，一個小小的農民糾紛等，都可能帶着民族革命的意義❽。

魯迅雖然贊成抗日民族統一戰線的政策，但對周揚的做法諸多不滿。馮雪峯指出，「左聯」解散時內部沒有經過很好的討論，「尤其黨員作家對魯迅先生這樣和左聯有那麼重要關係的人，只簡單地徵詢了一下他的意見，而沒有和他深刻地研究，這做法是有很大缺點的」。所以魯迅和

❽ 周揚：〈現階段的文學〉，原載《光明》第一卷第二號，一九三六年六月二十五日出版。收入《中國現代文學史參考資料》第一卷下冊，北京高等教育出版社，一九五八年出版，頁五二二—五二八。

馮談起時，自然「有點憤慨」⑨。他始終拒絕參加周揚把持的「中國文藝家協會」，並且提出「民族革命戰爭的大衆文學」，充爲當時文藝運動的口號，如此展開了環繞兩個口號的論爭，按照郭沫若的講法，這是左翼文藝界眞正嚴烈的內戰⑩。

周揚於「左聯」解散之後，邀約王任叔、王統照、艾蕪、周立波、郭沫若、魏金枝等百餘人，於一九三六年六月七日組織「中國文藝家協會」，發表宣言，提議在全民族一致救國的大目標下，文藝上主張不同的作家們可以是一條戰線上的戰友。不久，魯迅亦聯絡曹禺、巴金、茅盾、黃源等數十人，在該年七月一日發表「中國文藝工作者宣言」，與之對峙，形成兩個分裂意義的集團，伴隨着上述兩個口號之爭，充分顯露了左翼作家內鬪的不遺餘力。

及至一九三六年十月，巴金、王統照、包天笑、沈起予、林語堂、洪深、周瘦鵑、茅盾、陳望道、郭沫若、夏丏尊、張天翼、傅東華、葉紹鈞、鄭振鐸、鄭伯奇、趙家璧、黎烈文、魯迅、謝冰心、豐子愷等二十一人，發表了「文藝界同人爲團結禦侮與言論自由宣言」，主張不必強求抗日立場的劃一，但力量卽應統一起來。這宣言的簽名者包括新舊各派，也涵蓋了左翼內戰兩方

⑨ 馮雪峯：《回憶魯迅》，人民文學出版社，一九五七年北京第一版。引自周玉山：《「中國左翼作家聯盟」研究》，國立政治大學東亞研究所碩士論文，民國六十四年六月，頁一六九。

⑩ 郭沫若：〈蒐苗的檢閱〉，收入《沫若文集》十一卷，人民文學出版社，一九五九年北京第一版。引自周玉山：《「中國左翼作家聯盟」研究》，同⑨，頁一六九。

的若干主將。該月十九日魯迅病逝，口號之爭轉入了低潮，息鼓於無形之中。此後國民黨中央也對全國文藝界人士不分派別一體照顧，號召同爲抗戰文藝而奮鬥。「左聯」的解散和兩個口號的取消，也正說明了階級主義不敵民族主義，全國人心之所向，使得共產黨無法不修改策略。

一九三六年十二月，西安事變和平解決後，國共之間已進入休戰狀態。次年二月中共中央致電國民黨五屆三中全會，要求和平統一，團結禦侮，同時提出四項保證：

㈠停止推翻國民政府之方針。

㈡蘇維埃政權改稱爲中華民國特區政府，紅軍改稱爲國民革命軍，受南京國民政府及軍事委員會之指導。

㈢在特區政府內實施普選的民主制度。

㈣停止沒收地主土地，實行抗日民族統一戰線的共同綱領⓫。

三中全會對中共的來電，通過「根絕赤禍案」做爲答覆，原則上接受其要求，但指出必須切實執行下列四個條件：

㈠徹底取消紅軍。

㈡徹底取消蘇維埃政府。

⓫〈中國共產黨中央給中國國民黨三中全會電〉，收入《中共統戰文件選編》，中國問題研究出版社，民國七十二年七月出版，頁八三。

㈢根本停止赤化宣傳。

㈣根本停止階級鬪爭。

此後雙方進入磋商階段，不久七七事變爆發，商談乃急轉直下，迅速獲致協議，九月廿二日中共發表〈共赴國難宣言〉，提出四項諾言：

㈠三民主義爲中國今日所必需，中共願爲其徹底實現而奮鬪。

㈡取消一切推翻政府的暴動政策及赤化運動，停止以暴力沒收地主土地的政策。

㈢取消蘇維埃政府，實行民權政治，以期全國政權的統一。

㈣取消紅軍名義及番號，改編爲國民革命軍，受政府之統轄，並待命出動，擔任抗日前線之職責⑫。

次日，蔣委員長發表談話，表示接受輸誠，於是代表國共再度合作的抗日民族統一戰線正式告成。

一九三八年三月，「中華全國文藝界抗敵協會」成立於漢口，呼籲抗戰救亡。共黨及左派加入者不乏其人，說明了普羅文學已成過去。但是，一九四二年後毛澤東將他們重新組織訓練起

---

⑫〈共赴國難宣言〉，中共稱之〈中共中央爲公布國共合作宣言〉，收入《中共統戰文件選編》，同⑪，頁九八。

來。抗戰時中共在國民政府區域的黨指揮是周恩來，文藝指揮則是郭沫若。此時軍事委員會成立政治部，由陳誠任部長，周恩來任副部長，郭沫若任第三廳廳長，陽翰笙爲主任秘書，田漢任主管藝術宣傳的處長，其下設戲劇、電影、漫畫三科，並組織各種宣傳隊，重要骨幹多爲中共人員所控制。自郭沫若出長第三廳以後，前此「左聯」人物除周揚率赴延安，潘漢年率赴香港者外，餘皆先後轉移到武漢，且大部分滲入該廳，在中共的刻意安排下，彼等圍繞於此展開文宣和統戰工作。當時郭沫若雖非共產黨員，但對共黨竭力効忠，盡力掩護左翼文人，使中共文藝戰線並未因「左聯」的解散而告終，反獲前所未有的發展，得以合法身分進行非法活動，較之「左聯」時期尤有保障。不僅如此，中共的外圍勢力也更爲擴大強固，遠勝於上海時期。在「文藝下鄉」、「文藝入伍」的口號下，各種抗敵宣傳隊和演劇隊滲入民間和軍中，間接造就了中共的文化戰線，是以周恩來對郭沫若禮遇有加，後者與中共人員的來往也日趨密切。武漢撤退時，左翼文藝工作者又分別轉進，一批由夏衍率領到桂林接辦《救亡日報》，劇宣二隊則由袁牧之率領到延安，有人參加丁玲領導的「西北戰地服務團」，另一部分由郭沫若、田漢等率領轉赴重慶，或仍在政治部文化工作委員會，或滲入國民黨各級文化部門中。

一九三八年十月，毛澤東在延安發表〈中國共產黨在民族革命戰爭中的地位〉，提及共產黨員是國際主義的馬克思主義者，但馬克思主義必須和中國的具體特點相結合，並通過一定的民族形式才能實現，因此要使馬克思主義在中國具體化，表現中國特性，所以他強調將國際主義的內容和民族形式緊密結合起來⑬。中共後來認爲，毛澤東所謂的民族形式運用到中國現代文學上，主要就是文學爲工農兵服務的問題，「因爲工農兵是中國的主人，眞實地寫出了中國主人，那基本上自然就是『民族形式』作品」⑭。其實，工農兵文學仍然脫胎於蘇聯。

一九四〇年一月，毛澤東又在延安發表〈新民主主義論〉，提出中國革命綱領，這是後來「毛澤東思想」的開始。該文在蘇聯背景和中共宣傳下，發生了雙重詐欺的作用。一方面，在政府地區以新民主主義與三民主義混淆，吸引知識界和青年；另一方面，在中共黨內暗示王明等的「馬列」不夠「中國化」，確立毛澤東在黨內的地位，爭取中共幹部和黨員。這種宣傳相當具有魅力，在國民黨只有抗戰建國綱領時，中共仍有一個積極的社會主義和共產主義遠景，使得三十年代左翼作家在抗戰前後因民族主義的高潮而瓦解、徬徨者，至此重新集合起來，爲毛澤東所用⑮。

⑬ 毛澤東：〈中國共產黨在民族戰爭中的地位〉（一九三八年十月），收入《毛澤東選集》第二卷，同❸，頁五二三。

⑭ 丁易：《中國現代文學史略》，作家出版社，一九五七年北京第一版，頁一三二。

⑮ 同❼，頁一七四。

四、毛澤東在延安文藝座談會上的講話

中共文藝政策的主要根據，爲一九四二年毛澤東在延安文藝座談會上的講話。該會召開的初衷，本在清算敢言的作家如王實味等，並欲嚇阻同類的抗聲。因此，中共自有正式的文藝政策以來，卽與文藝整風結下不解之緣。

毛澤東雖然偶亦作詩填詞，但與中國傳統溫柔敦厚的詩教絕緣，也沒有獨創的文藝觀。無產階級文學的黨性思想，自馬克思和恩格斯首倡後，經列寧和史達林發揚光大，爲毛澤東所襲取，因此論及延安文藝講話的精神，宜先追溯其源。

一八四五年起，馬克思和恩格斯在與青年黑格爾派論戰時，卽執文藝作品的黨性原則以攻，強調要用階級鬬爭的方式，捍衞共產主義政黨的利益。他們在與海因岑激辯時，也都嘲笑了超階級的全人類利益說。恩格斯並指出，黨刊的任務就是闡發和捍衞黨的要求，駁斥和推翻敵對黨的論斷⑯。凡此觀點，後來多爲毛澤東所重彈。然而馬恩畢竟都只是書生，因此反對官方的文化檢審制度，並曾爲言論自由而辯護。毛澤東則集中共的黨政軍大權於一身，爲鞏固政權，就充當文

⑯ 弗·恩格斯：〈共產主義者和卡爾·海因岑〉，收入《馬克思恩格斯全集》第四卷，人民出版社，一九五八年八月第一版，一九六五年十月北京第三次印刷，頁三〇〇。

學的檢察官了。毛澤東與馬克思的差異部分，表現於許多在朝統治者與在野理論家之間。

馬恩思想傳開以後，列寧以職業革命家的身分，逐漸成爲解釋馬克思主義的最強音，也更重視文藝促進革命的實用性⑰。一九〇五年十月的政治總罷工後，列寧發表〈黨的組織和黨的文學〉，強調文學應當成爲無產階級總事業的一部分，並爲社會民主主義機器的齒輪和螺絲釘，因此他高呼：「打倒非黨的文學家！打倒超人的文學家⑱！」

列寧也承認，文學事業最不能機械的平均、劃一和少數服從多數，也必須保證有個人創造和愛好、思想和幻想、形式和內容的廣濶天地。但他仍然堅持，文學家一定要參加黨的組織，報紙應當成爲各個黨組織的機關報，出版社、書庫、書店、閱覽室、圖書館和各種書報販賣所，都應當成爲黨的機構，都應當請示滙報。由此可知，此處「黨的文學」不僅指文藝創作，可廣釋爲整個出版品。列寧主張的強硬面，分別爲史達林和毛澤東加倍繼承。

從列寧到毛澤東，都不但主張文藝與政治的普遍關係，而且強調要透過政黨來發揮文藝的政治作用⑲。中共迄今仍堅持的共產黨領導，在文藝方面可上溯於此。然而，列寧畢竟掌權不久後

---

⑰ 陳冠中：〈馬克思主義文學理論的再評價〉，香港《明報月刊》，一七三期，一九八〇年五月，頁三九。

⑱ 列寧：〈黨的組織和黨的文學〉，收入《列寧全集》第十卷，人民出版社，一九五八年十二月第一版，一九六〇年二月北京第二次印刷，頁二五。

⑲ 黃繼持：〈毛澤東文藝思想淺析〉，香港《明報月刊》，一八〇期，一九八〇年十二月，頁三八。

即告棄世，文藝政策未能及身而成，因此俄國文學史最黑暗的一頁，是由史達林寫下的。一九三二年十月，史達林提出「社會主義現實主義」的口號。一九三四年八月，第一次蘇維埃作家協會代表大會召開時，通過其親信日丹諾夫執筆的盟約，規定以此做爲文學創作和批評的基本方法，要用社會主義的精神，從思想上改造和教育勞動人民，並在工廠工人、集體農場農民和紅軍士兵中培養新作家⑳。日丹諾夫另外強調，蘇聯文學的主要典型人物，就是工人、農民、黨員、經濟工作人員、工程師、青年團員和兒童團員㉑。凡此多爲毛澤東所套用，而在延安鼓吹類似的工農兵文學。「社會主義現實主義」成爲創作與批評的唯一標準，史達林以此爲藉口，大肆整肅異己。毛澤東爲「安邦定業」，乃起而效尤。

一九四二年五月，毛澤東在延安文藝座談會上指出，文藝是整個共黨革命機器的一部分，也是團結和教育人民，打擊和消滅敵人的有力武器。爲達此目的，應該解決五個問題：

一、立場問題——要站在無產階級和人民大衆的立場。對共產黨員而言，也就是要站在黨的立場，黨性和黨政策的立場。

---

⑳ 收入曹葆華編：《馬克思、恩格斯、列寧、史大林論文藝》，人民文學出版社，一九五三年出版，頁二四七。

㉑ 日丹諾夫著，葆荃、梁香合譯：《論文學、藝術與哲學諸問題》，上海時代書報社，一九四九年初版，頁二四。

二、態度問題——對敵人要暴露和打擊，對同盟者既聯合又批評，對自己人則歌頌和讚揚。

三、工作對象問題——文藝作品的接受者是各種幹部、部隊的戰士、工廠的工人、農村的農民。

四、工作問題——首先要了解熟悉工農兵。知識分子出身的文藝工作者欲使作品受羣衆歡迎，就得先改造自己的思想感情。

五、學習問題——要學習馬列主義和學習社會㉒。

至此，毛澤東正式交付他的「文化軍隊」各式任務，並爲轄下的作家定了各條戒律。中共向以文藝爲鬪爭的工具，三十年代如此，有了安身立命的據點延安後，毛澤東爲求生存和發展，就更強調文藝的武力說，且將其進一步政治化與敎條化，無異標誌一個自由寫作時代的全盤結束。毛澤東明言，「還是雜文時代，還要魯迅筆法」的觀念，不適用於中共統治區，所以他雖設立魯迅藝術學院，卻派魯迅的死敵周揚爲院長，在表面崇魯的背後，極力扼殺其弟子延續下來的抗議精神。

共產黨慣於人們身上貼標籤，然後根據「利用矛盾，爭取多數，反對少數，各個擊破」的原

㉒ 毛澤東：〈在延安文藝座談會上的講話〉，收入《毛澤東選集》第三卷，人民出版社，一九六四年九月北京第十一次印刷，頁八四九－八八〇。

則，執行既聯合又鬪爭的統戰策略，此爲毛澤東在〈延安文藝講話〉中所不諱言。他以工人、農民、兵士和城市小資產階級四種人，占當時全國人口百分之九十以上，因此就奉史達林爲師，主張文藝爲工農兵服務，而不惜違反馬克思批評和摒棄農民的本意。所謂城市小資產階級，可以三十年代文人爲代表，原喜追求個性的表現，難脫自由主義的氣息，毛澤東爲吸引他們到延安去，乃極盡統戰之能事，這篇對作家既拉攏又威嚇的講話，主要就是針對已從城市到延安者的不滿而發。

毛澤東重複列寧所說，文藝是整個無產階級機器中的齒輪和螺絲釘，位置業已擺好，所以絕無自由運作的可能。他直言文藝必須爲政治服務，製造矛盾和鬪爭的典型化，至於爲藝術的藝術、超階級的藝術、和政治並行或互相獨立的藝術，「實際上是不存在的」。他爲了向這些不存在的敵人宣戰，數十年來展開多次的整風和運動，連千萬人頭落地都不惜，萬馬齊瘖、百花凋零又豈爲其所掛意？

毛澤東發表這篇講話的用意，在訓令作家穿上制服，同時操練刀槍；箭頭指處，則爲不願穿制服、操刀槍的作家。延安文藝座談會本爲清算王實味等人而召開，身爲共產黨員的王實味，是兩百多萬字馬列著作的中譯者，他以苦口向中共勸諫，結果毛澤東勞師動衆，先後發起延安文藝座談會、中共中央研究院鬪爭大會，不久對將他投入監獄。一九六二年一月三十日，毛澤東在擴大中共中央工作會議上親口說明：「還有個王實味，是個暗藏的國民黨探子，在延安的時候，他寫過一篇文章，題名〈野百合花〉，攻擊革命，誣蔑共產黨。後來把他抓起來，殺掉了」㉓。王實味成爲毛澤東文藝政策下第一個犧牲者，他在被鬪時曾要求退黨，走自己的路，理由是「個人與黨的功利之間的矛盾，是幾乎無法解決的」㉔。此種抗議完全針對毛澤東的文藝觀而發，因爲毛在延安文藝座談會上承認，其所持的態度，正是功利主義。

數十年來，中共一直執行毛澤東的文藝訓令，要求作家全力効忠共產黨，因此訂下許多清規，造成胡風所說的現象：「這僵屍統治的文壇，我們咳一聲都有人來錄音檢查的㉕。」其友張中曉也露骨批評了文藝講話：「這書，也許在延安時有用，現在，我覺得是不行了，照現在的行情，它能屠殺生靈，怪不得幫閒們奉若圖騰㉖！」毛澤東對此懷恨不已，因此親自下手整肅胡風集團。胡風的悲劇導源於自由思想以及和周揚的宿怨，而後者能夠長期得勢，蓋與投毛之所好有關。周揚本人在文革時也難逃刼數，則說明了毛澤東嫌他執行命令還不夠徹底，故由江青、張春

㉓ 毛澤東：〈在擴大的中央工作會議上的講話〉，收入《毛澤東思想萬歲》第一輯，同❶，頁四二一。
㉔ 引自趙聰：《新文學作家列傳》，臺北時報出版公司，民國六十九年六月初版，頁三〇。
㉕ 〈胡風給路翎信〉，一九五〇年一月十二日。收入《關於胡風反革命集團的第二批材料》，《人民日報》，一九五五年五月二十四日。
㉖ 〈張中曉給胡風信〉，一九五一年八月二十二日。收入《關於胡風反革命集團的第三批材料》，《人民日報》，一九五五年六月十日。

橋、姚文元替之。文化大革命的動機，就是要摧毀所有與毛澤東思想不同的思想，江青等人執行的文藝路線，在毛澤東的心目中，自屬最爲正確。

有人說毛澤東晚年昏瞶，被四人幫利用，才引起一場浩刼。其實若從〈延安文藝講話〉觀之，可知此舉早已初定，而且勢在必行。因爲毛澤東以蘇聯經驗爲模式，在文藝上劃地自限，所以對一切奇花異卉都加排斥，視爲毒草。中共曾經指出，與毛澤東思想對立的，是資產階級文藝思想、現代修正主義文藝思想和三十年代文藝的結合，代表性的論點則有寫眞實論、現實主義廣濶道路論、現實主義深化論、反題材決定論、中間人物論、時代精神滙合論、離經叛道論、反火藥味論、全民文藝論、創作自由論等，還有陽翰笙的「十條繩子」論，可與胡風提到的「五把刀子」比觀，都在抗議延安講話造成作品的千篇一律、千人一面。毛澤東的文藝政策如網，撒向文壇都是怨，作家們在飽受摧殘之際，自然要奮力掙脫。毛澤東的滿目皆敵，固由此可見，〈延安文藝講話〉爲禍之烈，也早已爲歷史的定論了。

五、結　論

民族主義與共產主義原本扞格不入，前者首重救國保種，不言階級，後者則主張「欲平天下者先滅其國」，所以強調國家凋謝論。馬克思和恩格斯在〈共產黨宣言〉中，甚至根本表示工人無祖國，「決不能剝奪他們所沒有的東西」㉗，以此答辯旁人對共產黨想廢除祖國的責難。一八七三年一月，馬克思發表〈政治冷淡主義〉，認爲工人階級如果對國家進行鬪爭，就是承認國家，這是和「永恒原則」相牴觸的，所以在心中應堅決反對國家的存在，並通過購買和閱讀有關消滅國家的文獻，來證明自己在理論上對國家的極端蔑視㉘。此外，恩格斯在《家族、私產和國家的起源》與《反杜林論》中，也得出國家萎謝和消滅的結論。因此，倡言「全世界無產者聯合起來」的國際主義，非但不以民族主義爲基礎，不想恢復民族國家，反欲除之而後快。

但是，中共畢竟因抗戰而獲利，可見其利用民族主義的策略收效，一時按下了馬克思的國家觀不表。如前所述，統一戰線爲列寧所創，史達林正式推出，並命令中共切實執行，果然挽救了後者的命運。毛澤東卽指出，統一戰線、武裝鬪爭和黨的建設，是中共致勝的三個主要法寶㉙。其實，這些法寶幾乎全爲蘇聯所賜。蘇聯後來透露，單就一九四五年虜自日軍轉援中共的武器而

㉗ 馬克思和恩格斯：〈共產黨宣言〉，收入《馬克思恩格斯選集》第一卷上册，人民出版社，一九七二年五月第一版，頁二七〇。

㉘ 馬克思和恩格斯：〈政治冷淡主義〉，收入《馬克思恩格斯全集》十八卷，人民出版社，一九六四年十月第一版，一九六五年十月北京第二次印刷，頁三三五。

㉙ 毛澤東：〈「共產黨人」發刊詞〉（一九三九年十月四日），收入《毛澤東選集》第二卷，同❸，頁五九七。

論，已達步槍七十萬枝、輕機槍一萬一千挺、重機槍三千挺、大砲一千八百餘門、迫擊砲二千五百門、坦克七百餘輛、飛機近九百架、大型軍火庫近八百所㉚。這是中共日後感恩圖報，以俄製「人民共和國」爲號的一個原因。

中共在文藝戰場上攻城略地，游刃有餘，此固得力於統一戰線，更賴抗戰爲號召。抗戰前夕中共文運的負責人並非毛澤東，大體以王明（陳紹禹）路線爲主，稟承第三國際的意旨，扮演全世界反法西斯宣傳一環的角色。至抗戰中期，毛澤東以羽翼豐滿，又欲剷除異己，便推出工農兵文學，對投奔延安的三十年代作家進行再教育，使他們的筆尖從暴露黑暗轉向歌頌光明。毛澤東多少受惠於三十年代的王明路線，但他自四十年代起攻擊王明路線時毫不留情，而其理論的奧援同爲莫斯科，益證中共各派都在走俄國人的路，民族解放運動不過是共產主義運動的踏腳石而已。

時至今日，毛澤東業已棄世多載，他在抗戰時期的文藝政策仍爲中共所重視，並付諸實施。毛澤東昔日得逞的啓示，鄧小平心領神會，對於作家也就既拉攏又威嚇了。一九八七年五月十日，延安文藝協會、毛澤東文藝思想研究會等八個單位，開會紀念〈延安文藝講話〉發表四十五周年，強調中共的文藝理論和方針，始終沒有離開「講話」的基本原則和精神，鄧小平在第四次

㉚ 莫斯科華語廣播，一九六七年九月四日。

「文代會」上的祝詞，也被相提並論。的確，鄧小平如是說：「我們要繼續堅持毛澤東同志的文藝爲最廣大的人民羣衆，首先是爲工農兵服務的方向㉛。」揆諸實際，世人很難想見，鄧小平許諾的園子裏眞會百花齊放，就像毛澤東早就許諾過的一樣。繼承了三十年代抗議精神的劉賓雁和王若望，現皆已被中共開除了黨籍。一個偶像化的毛澤東早已完結，一個偶像化的鄧小平應否長存？我們在檢討抗戰時期中共的文藝政策之餘，不妨思慮及此。

㉛ 鄧小平：〈在中國文學藝術工作者第四次代表大會上的祝辭〉，《人民日報》，一九七九年十月三十一日。

一九四九年以後中共的文藝政策

一、前言

中共文藝政策的主要根據，爲一九四二年毛澤東在延安文藝座談會上的講話。該會召開的初衷，在清算敢言的作家如王實味等，並欲嚇阻同類的抗聲。因此，中共自有正式的文藝政策以來，即與文藝整風結下不解之緣。

毛澤東雖亦作詩填詞，但與中國傳統溫柔敦厚的詩教絕緣，也沒有獨創的文藝觀。無產階級文學的黨性思想，經馬克思和恩格斯首倡後，列寧和史達林發揚光大，而爲毛澤東所襲取。從列寧到毛澤東，都不但主張文藝與政治的普遍關係，並且強調要透過政黨，發揮文藝的政治作用❶。中共迄今仍堅持的共產黨領導，在文藝方面可上溯及此。然而列寧畢竟掌權不久即告棄世，

❶ 黃繼持：〈毛澤東文藝思想淺析〉，香港《明報月刊》，一八○期，一九八○年十二月，頁三八。

文藝政策未能及身而成，因此俄國文學史最黑暗的一頁，是由史達林寫下的。一九三二年十月，史達林提出「社會主義現實主義」的口號。一九三四年八月，第一次蘇維埃作家協會代表大會召開時，通過其親信日丹諾夫執筆的盟約，規定以此做爲文學創作和批評的基本方法，要用社會主義的精神，從思想上改造和教育勞動人民，並在工廠工人、集體農場農民和紅軍士兵中培養新作家❷。日丹諾夫另亦強調，蘇聯文學的主要典型人物，就是工人、農民、黨員、經濟工作人員、工程師、青年團員和兒童團員❸。凡此多爲毛澤東所套用，而在延安鼓吹類似的工農兵文學。社會主義現實主義成爲創作與批評的唯一標準後，史達林以此爲藉口，大肆整肅異己。毛澤東爲「安邦定業」，乃起而效尤。

一九四二年五月，毛澤東在延安文藝座談會上指出，文藝是整個共產革命機器的一部分，也是團結和教育人民，打擊和消滅敵人的有力武器。爲達此目的，應解決五個問題：一、立場問題——要站在無產階級和人民大衆的立場。對共產黨員而言，也就是要站在黨的立場，黨性和黨政策的立場。二、態度問題——對敵人要暴露和打擊，對同盟者既聯合又批評，對自己人則歌頌和讚揚。三、工作對象問題——文藝作品的接受者是各類幹部、部隊的戰士、工廠的工人、農村的

❷ 曹葆華編：《馬克思、恩格斯、列寧、史大林論文藝》，人民文學出版社，一九五三年出版，頁二四七。

❸ 日丹諾夫著，葆荃、梁香合譯：《論文學、藝術與哲學諸問題》，上海時代書報社，一九四九年初版，頁二二四。

農民。四、工作問題——首先要了解熟悉工農兵。知識分子出身的文藝工作者，欲使作品受羣衆歡迎，就得先改造自己的思想感情。五、學習問題——要學習馬列主義和學習社會[4]。

至此，毛澤東正式交付他的「文化軍隊」各式任務，並爲轄下的作家明定各條戒律。中共向以文藝爲鬪爭的工具，三十年代如此，有了安身立命的據點延安後，毛澤東爲求生存和發展，就更強調文藝的武力說，且將其進一步政治化與敎條化，無異標誌一個自由寫作時代的全盤結束。毛澤東明言，「還是雜文時代，還要魯迅筆法」的觀念，不適用於中共統治區，所以他雖設立魯迅藝術學院，卻派魯迅的死敵周揚爲院長，在表面崇魯的背後，極力扼殺其弟子延續下來的抗議精神。

共產黨慣於人們身上貼標籤，然後根據「利用矛盾，爭取多數，反對少數，各個擊破」的原則，執行既聯合又鬪爭的統戰策略，此爲毛澤東在〈延安文藝講話〉中所不諱言。他以工人、農民、兵士和城市小資產階級四種人，占當時全國人口百分之九十以上，因此奉史達林爲師，主張文藝爲工農兵服務，不惜違反馬克思批判和摒棄農民的本意。所謂城市小資產階級，可以三十年代文人爲代表，原喜追求個性的表現，難脫自由主義的氣息。毛澤東爲吸引他們到延安去，乃極

④ 毛澤東：〈在延安文藝座談會上的講話〉，收入《毛澤東選集》第三卷，人民出版社，一九五三年二月北京第一版，一九五三年五月北京重排本，一九六四年九月北京第十一次印刷，頁八四九—八八〇。

盡統戰之能事，這篇對作家旣拉攏又威嚇的講話，主要就是針對已從城市到延安者的不滿而發。

毛澤東重複列寧所說，文藝是整個無產階級機器中的齒輪和螺絲針，位置業已擺好，所以絕無自由運作的可能。他直言文藝必須爲政治服務，製造矛盾和鬬爭的典型化；至於爲藝術的藝術、超階級的藝術、和政治並行或互相獨立的藝術，「實際上是不存在的」。他爲了向這些「不存在」的敵人宣戰，數十年來展開多次整風和運動，連千萬人頭落地都不惜，萬馬齊瘖、百花凋零又豈爲其所掛意？一九四九年以前，中共統治區已有王實味事件和蕭軍事件等；一九四九年以後，被汚辱與損害的大陸作家更難以計數了。此固拜毛澤東個人之賜，實亦因政策使然，毛死後大陸作家仍遭迫害整肅，卽爲明證。我們檢視四十年來中共的文藝政策，對大陸作家的悲運，實不能無動於衷，而對其中一念不改、抵死不從的心靈，尤致無限的關懷與敬意。

二、一九四九年以後毛澤東的文藝政策

一九四九年二月，共軍開入北京。四月，南京淪陷。七月，中共於軍事勝利之餘，召開第一次文學藝術工作者代表大會，以郭沫若爲總主席，茅盾和周揚爲副總主席。八百二十四名代表聆聽了毛澤東、朱德、周恩來的訓示，後者強調文藝工作者要表現新時代，就必須高舉毛澤東思想的旗幟，貫徹文藝爲工農兵服務的方向。與會者也紛紛表態，謂毛澤東〈在延安文藝座談會上的

講話〉雖是七年前的指示，現仍完全正確和適用，是今後文藝工作者實踐的方向❺。大會在向毛澤東致敬後閉幕，宣言中重申其文藝方針的卓越，並矢志繼續遵辦。由此可知，中共不以清算王實味等人為滿足，並認定毛澤東文藝政策有助於大陸的赤化。這種成果驗收，加重了對作家的控制，也反彈到中共自身。

一九五一年五月，中共發動成立政權以後的首次文藝整風，此因電影〈武訓傳〉和其他若干「非正統」的事件所引起，許多作家被迫自我批評和公開悔過。首先，批判〈武訓傳〉原是一個文藝問題，但運動並不着眼於文藝，卻規定要和資產階級思想對抗，強調是一場政治鬭爭。其次，強化了文學主題的單一性，使得本已因歌頌工農兵而排斥其他題材的作風，至此又見助長。再次，文藝從屬於政治的關係更加凝固，毛澤東此項並不科學的原則，就在疆場一片勝利的霞光中，被映襯得更加輝煌神聖，其權威不可移易❻。〈延安文藝講話〉的肆虐，因中共統治區域的擴大，更顯現其殺傷力，此後的文藝整風，一波勝過一波，至文化大革命達到最高潮。

一九五四年十月的第二次整風，起自俞平伯的《紅樓夢研究》事件，引發全面的批判胡適思想，並對主持《文藝報》的馮雪峯，提出工作錯誤的檢查與鬭爭。此與三年前對〈武訓傳〉的批

❺ 王瑤：《中國新文學史稿》（下册），上海文藝出版社，一九八二年十一月修訂重版，一九八二年十一月第一次印刷，頁六〇五。

❻ 朱寨主編：《中國當代文學思潮史》，人民文學出版社，一九八七年五月北京第一版，頁八二。

判相同，歷史背景和政治意圖一脈相承，也都是毛澤東親自發動的，他在〈關於紅樓夢研究問題的信〉中指出：「看樣子，這個反對在古典文學領域毒害青年三十餘年的胡適派資產階級唯心論的鬪爭，也許可以展開起來了。事情是兩個『小人物』做起來的，而『大人物』往往不注意，並往往加以阻攔，他們同資產階級作家在唯心論方面講統一戰線，甘心作資產階級的俘虜，這同影片〈清宮秘史〉和〈武訓傳〉放映時候的情形幾乎是相同的⑦」。毛澤東心所謂危，趁此一償他在〈新民主主義論〉中的宿願，即思總結中國新文化運動。由於胡適先生五四時期的地位遠勝於毛澤東，影響亦頗深遠，毛澤東單單基於補償心理，也不免要爲刷新歷史而努力了。

這次整風一直延續到正式批鬪胡風開始，才告一段落，可謂間不容髮，中共的文網之密，也由此可見。胡風在政治立場上原與中共一致，周揚一度稱之爲「沒有入黨的布爾希維克」，其與中共的分裂，始於抗戰時期對毛澤東文藝政策的堅拒。一九四九年以後，他屢遭周揚、林默涵、何其芳的攻擊，由於不甘示弱，乃利用文藝幹部因《紅樓夢研究》事件被毛澤東譴責的機會，向中共中央告御狀。一九五四年七月，他呈上合計三十萬字的意見書，除爲自已和友輩伸寃外，還盼中共重新檢討文藝政策，撤換文藝官僚。意見書指出，在宗派主義的地盤上，讀者和作家頭上

---

⑦ 毛澤東：〈關於紅樓夢研究問題的信〉，收入《毛澤東選集》第五卷，人民出版社，一九七七年四月第一版，一九七七年四月北京第一次印刷，頁一三五。

被放下了五把刀子：一、作家要從事創作實踐，首先非得具有完美無缺的共產主義世界觀不可。二、只有工農兵的生活才算生活，日常生活不是生活。三、只有思想改造好了才能創作。四、只有過去的形式才算民族形式。五、題材有重要與否之分，能決定作品的價值，這就使得作家變成唯物論的被動機器。凡此控訴，表面針對林默涵等，矛頭實指向毛澤東的〈延安文藝講話〉，致觸後者的大怒。

一九五五年一月，毛澤東親自出馬，公開胡風的意見書，並且展開批判。稍後，胡風及其友人都遭同時抄家，檔案資料也被調到北京，毛澤東據此寫按語，分於五月十三日、二十四日和六月十日，在《人民日報》公布關於「胡風反革命集團」的材料。「過去說是『小集團』，不對了，他們的人很不少。過去說是一批單純的文化人，不對了，他們的人鑽進了政治、軍事、經濟、文化、教育各個部門裏。過去說他們好像是一批明火執仗的革命黨，不對了，他們的人大都是有嚴重問題的。他們的基本隊伍，或是帝國主義國民黨的特務，或是托洛茨基分子，或是反動軍官，或是共產黨的叛徒，由這些人做骨幹組成了一個暗藏在革命陣營裏的反革命派別，一個地下的獨立王國❽。」毛澤東這段御批，使得胡風的苦難日益逼近。

---

❽ 毛澤東：〈「關於胡風反革命集團的材料」的序言和按語〉，收入《毛澤東選集》第五卷，同❼，頁一六三。

在搜出的「反革命」材料中，最令毛澤東感到難堪的，是一九五一年八月二十二日張中曉致胡風的信，內容批判了〈延安文藝講話〉：「這書，也許在延安時有用，現在，我覺得是不行了，照現在的行情，它能屠殺生靈，怪不得幫閒們奉若圖騰！」毛澤東懷恨之餘，便大量製造輿論，一九五五年五月十三日到七月九日，《人民日報》就收到要求嚴懲胡風的讀者來信一萬一千八百封。此時「文聯」和「作協」都落井下石，在聯席擴大會議上通過五項決議：一、根據「作協」章程第四條，開除胡風的會籍，並撤銷其理事和「人民文學」的編委職務。二、撤銷胡風所任「文聯」委員之職。三、向「人代常委會」建議，撤銷胡風的代表資格。四、向「最高人民檢察院」建議，對胡風反革命罪行進行必要的處理。五、警告「作協」、「文聯」其他協會中的胡風分子，必須站出來揭露胡風，批判自己❾。七月五日，「人代會」第二次會議在北京開幕，七月十六日，兩名代表——胡風和潘漢年即同時被捕。此後，中共在大陸全面展開「堅決徹底粉碎胡風反革命集團」、「肅清一切暗藏的反革命分子」運動，成為文革前株連最廣、影響最大的文藝整風。一九五七年七月十八日的《人民日報》社論透露，胡風被捕後的肅反運動中，清查出八萬一千多名「反革命分子」，一百三十多萬人交代了各種政治問題。由此再度證明，中共文藝整風的目的，不是文學的，而是政治的。

---

❾ 翟志成：《中共文藝政策研究論文集》，臺北時報文化出版公司，民國七十二年六月初版，頁一三七。

正因受侮辱與受損害的知識分子過多，不利於中共的聲譽，毛澤東乃於一九五六年五月，提出旨在安撫的「百家爭鳴，百花齊放」口號。一九五七年二月，他重彈此調，以求「正確處理人民內部矛盾問題」。五月一日，中共正式公布關於整風運動的指示，要大家以「鳴放」幫助共產黨反官僚、反宗派和反主觀主義。中共強調「言者無罪，聞者足戒」，極盡廣開言路的表態，於是五、六月間，大陸各民主黨派、工商人士、教授作家、青年學生，乃至共產黨員爭取民主的運動，就以星火燎原之姿展開，其勢如排山倒海，毛澤東形容為「一時天晤地黑，日月無光」，他在驚恐之餘，開始變臉反撲。六月上旬起，中共即進行反右派鬪爭。七月一日，毛澤東親撰的《人民日報》社論中，有如下名句：「有人說，這是陰謀。我們說，這是陽謀。因為事先告訴了敵人：牛鬼蛇神只有讓他們出籠，才好殲滅它們；毒草只有讓它們出土，才便於鋤掉⑩。」這裏所謂陽謀，只是事後孔明。毛澤東鼓勵鳴放的本意，在使知識分子——包括作家為其所用，不料抗聲遍傳，指向中共無可藥救的弱點，毛澤東深感作法自斃的難堪，只有食言而肥，以陽謀自壯了。

據中共自己估計，右派人數多達六百萬之譜，力量不容忽視。就文藝界而言，劉賓雁的〈在橋樑工地上〉、〈本報內部消息〉，王蒙的〈組織部新來的青年人〉等作品皆遭批判；何直（秦

⑩ 毛澤東：〈文滙報的資產階級方向應當批判〉，收入《毛澤東選集》第五卷，同❼，頁四三五。

兆陽）的〈現實主義——廣濶的道路〉，錢谷融的〈論「文學是人學」〉，巴人（王任叔）的〈論人情〉，劉紹棠的〈我對當前文藝問題的一些淺見〉等論文，全部視爲修正主義文藝思想而大加撻伐；丁玲、馮雪峯、艾青等多名作家，同被劃爲右派分子⓫。「丁玲陳企霞反黨集團」的罪名，包括資產階級個人主義的世界觀，以及修正主義的文藝思想，結果彼等被剝奪職業與黨籍，並下放勞動改造。「左聯」解散後兩個口號論爭時支持魯迅的黃源，此時亦遭整肅。令人感到周揚無情的，是其親密戰友徐懋庸也不能倖免。周揚藉此把徐懋庸過去寫信罵魯迅一事，說成徐的個人錯誤，與己無涉；另則使徐在文藝界除名，以免後患⓬。這是一種滅口之舉，而毛澤東聽之由之。

一九六三年間，毛澤東對當時大陸的文化產品已感不悅，認爲文藝領導機構和文藝工作者，事實上都轉向資本主義和修正主義，致使社會主義改造收效甚微，因此他咄咄稱怪⓭。一九六四年六月，毛澤東按捺不住，直斥彼等不執行政策，跌到修正主義的邊緣。周揚由此感到警惕，便

⓫ 二十二院校編寫組：《中國當代文學史》(二)，福建人民出版社，一九八一年十二月第一版，一九八一年十二月第一次印刷，頁三二。

⓬ 丁友光：〈周揚與「國防文學」問題〉，香港《明報月刊》，第八期，一九六六年八月。

⓭ 毛澤東：〈關於文藝工作的批示（一九六三—一九六四年）〉，收入《毛澤東思想萬歲》第三輯，臺北中華民國國際關係研究所複製，一九七四年七月，頁二六。

進行一次整風，批判了密友邵荃麟、夏衍和田漢，茅盾也受累而遭處分，但其本人終於難逃劫數。

一九六五年十一月十日，姚文元在上海《文滙報》發表〈評新編歷史劇「海瑞罷官」〉，揭開文化大革命的序幕。一九六六年二月，江青在上海主持部隊文藝工作座談會，事後寫了一份紀要，經毛澤東三次親自審閱和修改才定稿⑭，頗能反映毛澤東此時的文藝觀。紀要指出，大陸文藝界從一九四九年以來，被一條與毛澤東思想對立的反黨反社會主義黑線專了政，它是資產階級、現代修正主義的文藝思想和三十年代文藝的結合。「我們一定要根據黨中央的指示，堅決進行一場文化戰線上的社會主義大革命，徹底搞掉這條黑線。搞掉這條黑線以後，還會有將來的黑線，還得再鬬爭。所以，這是一場艱鉅、複雜、長期的鬬爭，要經過幾十年甚至幾百年的努力⑮。」毛澤東和江青如此說，也如此做，但不得善終。

一九六六年四月十八日，《解放軍報》發表社論，正式號召實施文革，其中論及三十年代的「國防文學」口號，認爲是「那時左翼的某些領導人在王明的右傾投降主義路線的影響之下，背

---

⑭〈林彪同志給中央軍委常委的信〉，收入《江青同志論文藝》，一九六八年五月出版，臺北中華民國國際關係研究所複製，一九七四年七月，頁三。

⑮〈林彪同志委託江青同志召開的部隊文藝工作座談會紀要〉，收入《 江青同志論文藝 》，同註⑭，頁七。

離馬克思列寧主義的階級觀點」，此說不啻公開否定了周揚。七月十七日，《人民日報》和《解放軍報》同時刊出〈駁周揚的修正主義文藝綱領〉，指周揚集團在三十年代提倡「國防文學」，打擊無產階級左翼文藝運動的偉大旗手魯迅，並和毛澤東的〈延安文藝講話〉演對台戲。七月二十九日，《光明日報》報導中共中央宣傳部舉行會議，「徹底打倒文藝界的活閻王，聲討周揚反黨反社會主義反毛澤東思想的滔天罪行」。稍早，七月一日出版的《紅旗雜誌》亦已正面攻擊周揚，並揭發後者於一九五七年利用批判馮雪峯和徐懋庸的機會，爲《魯迅全集》第六卷加一註解，是替自己開脫。周揚終在該年被撤職逮捕，夏衍、田漢及陽翰笙，當年與他合被魯迅諷爲「四條漢子」，也同遭公審鬬爭，其中夏衍以改編茅盾的〈林家鋪子〉搬上銀幕獲罪，田漢以歷史劇「謝瑤環」賈禍，陽翰笙以編導〔北國江南〕電影被整，當然這些都只是直接的導火線。此後十年，千千萬萬個文藝工作者飽受摧殘，成爲毛澤東文藝政策下的集體犧牲品⑯。

⑯因文革而死的大陸文藝工作者，至少包括：1.作家：老舍、田漢、阿英、趙樹理、柳青、周立波、何其芳、鄭伯奇、楊朔、郭小川、聞捷、蘆芒、蔣牧良、李廣田、劉澍德、孟超、陳翔鶴、納・賽音朝克圖、馬健翎、魏金枝、司馬文森、羅廣斌、海默、韓北屏、黃谷柳、遠千里、方之、蕭也牧、鄧拓、范長江。2.文藝評論家：馮雪峯、邵荃麟、王任叔、劉芝明、何家槐、葉以羣、侯金鏡、陳笑雨、徐懋庸。3.文學翻譯家：董秋斯、傅雷、滿濤、麗尼。4.平劇演員：周信芳（麒麟童）、蓋叫天、荀慧生、馬連良、尚小雲、言慧珠、李少春、葉盛蘭、葉盛章、韓俊卿、竺水娟。5.話劇家：章泯、焦菊隱、孫維世、舒繡文。6.演員：蔡楚生、鄭君里、袁牧之、田方、崔嵬、上官雲珠、應雲衞、孟君謀、徐滔、顧而已、魏鶴齡、楊小鐘、劉國全、羅靜予、孫師毅。7.地方戲演員：張德成、李再雯、嚴鳳英、蘇育民、顧月珍、筱愛琴。8.音樂家：馬可、鄭成、黎國荃、顧聖嬰、向隅、蔡紹序、陸洪恩。9.美術家：潘天壽、王司廓、董希文、豐子愷、陳半丁、秦仲文、陳煙橋、馬達、倪貽德、蕭傳玖。10.民歌手：毛一罕、琶杰、王老九、霍滿生。11.攝影家：鄭景康。12.曲藝家：王尊三、王少堂。13.木偶藝術家：楊勝。以上名單見《中共怎樣對待知識分子原始資料彙編之》（下），臺北黎明文化公司，民國七十二年六月初版，頁三六二。

周揚等人遭受清算，自與三十年代文藝的歷史評價有關。大陸文藝界確有不少人牴觸毛澤東的文藝思想，不願深入工農兵的階級鬪爭生活，不願配合共產黨的中心運動描寫欽定對象，念念不忘的是三十年代文藝，甚至公開表示繼承，不以四十年代延安的工農兵文藝爲正統。在此情景下，毛澤東必然會採取行動。由於周揚是三十年代左翼文運的主要幹部，對此段歷史當然肯定，而其向來又是文藝部門的負責人，影響力也較廣，因此要動搖周揚等三十年代人物的地位，以改變該時代予人的權威印象。換言之，周揚的難逃刼數，說明毛澤東嫌他執行命令還不夠徹底，故由江青、張春橋、姚文元取代。文化大革命的動機，除了牽涉中共的權力鬪爭外，就是要摧毀所有與毛澤東思想不符的思想，江青等執行的文藝路線，在毛澤東心目中，自屬最爲正確。

中國共產主義原由俄國輸入，兩共分裂後，毛澤東變本加厲，強化對史達林和他本人的崇拜，而以馬列主義的正統自居，對其他文化思想都懷懼恨，視爲毒草。由此可知，清算三十年代文藝實所難免，一九四九年以後大陸作家的悲運，也早在毛澤東發表〈延安文藝講話〉時即已初定。中共曾經指出，與毛澤東文藝思想對立的論點，有寫眞實論、現實主義廣濶道路論、現實主義深化論、反題材決定論、中間人物論、時代精神滙合論、離經叛道論、反火藥味論、全民文藝論、創作自由論等，還有陽翰笙的「十條繩子」論⑰，可與胡風提到的「五把刀子」並觀，都是

⑰一九六二年三月，陽翰笙在廣州召開的話劇、新歌劇、兒童劇創作會議上，指中共對文藝工作的領導，

對〈延安文藝講話〉造成作家顧慮重、下筆難，作品千篇一律、千人一面的抗議，毛澤東的滿目皆敵也由此可見。

一九四九年以後的大陸文壇，胡風形容爲殭屍所統治，每咳一聲都有人來錄音檢查。「但我在磨我的劍，窺測方向，到我看準了的時候，我願意割下我的頭顱拋擲出去，把那個髒臭的鐵壁擊碎的」⓲。胡風因此換來二十四年的牢獄之災，終以精神病兼腦動脈硬化症等辭世，但此一悲劇並未使得大陸所有作家瘖啞無聲。他們爲爭自由，爲伸正義，寧鳴而死，不默而生，毛澤東時代如此，鄧小平時代亦然。

三、鄧小平對毛澤東文藝政策的堅持與發展

一九七六年九月，毛澤東終於去世。次月，華國鋒逮捕了四人幫，象徵文化大革命的告終。

是用十條繩子捆住了作家的手足，造成了五個「一定」和五個「不敢」：1.一定要寫重大題材。2.一定要寫英雄人物、尖端人物。3.一定要參加集體創作。4.一定要限期完成。5.一定要得到領導批准。6.不敢寫人民內部矛盾，特別是領導與被領導的矛盾。7.不敢寫諷刺劇。8.不敢寫悲劇。9.不敢寫英雄人物的缺點、失敗。10.不敢寫黨員的缺點、領導的缺點。見《增訂中共術語彙解》，臺北中國出版公司，民國六十年三月初版，六十六年二月增訂三版，頁六二。

⓲〈關於胡風反革命集團的第二批資料〉，《人民日報》，一九五五年五月二十四日。

一九七七年八月，中共召開十一全大會，正式宣布文革結束，並展開揭批四人幫的運動。一九七八年十二月的十一屆三中全會起，華國鋒漸被架空，中共進入了鄧小平時代。一九八二年五月，中共紀念〈延安文藝講話〉發表四十年，強調對毛澤東的文藝思想「一要堅持，二要發展」，堅持可謂不變，發展則似含有變數在焉。然欲明其眞相，不能只看理論，必須考察實際，並與毛澤東的文藝政策做一比觀，方可奏效。四人幫下臺後，中共當局爲了轉移民憤，以示自己有別於前凶，乃一度允許大陸各地設立民主牆，並鼓勵追述文革罪惡的傷痕文學出現。結果此類文字有沛然莫禦之勢，在內涵上也不以控訴四人幫爲限，實際透露出共產制度的諸般缺點，中共驚惶之餘，就自毀承諾而加以阻擋了。一九七九年十月，鄧小平在第四次「文代會」的部分論調，卽與四人幫無異：「我們要繼續堅持毛澤東同志的文藝爲最廣大的人民羣衆，首先是爲工農兵服務的方向⑲。」周揚也在同一會議上表示，他不贊成以自然主義精密細緻的方式反映傷痕，以免造成不利的思想和情緒。由此可知，中共推許傷痕文學純爲一時之計，無意予以全面肯定。

一九八〇年二月，當時尚爲鄧小平親信的胡耀邦，在劇本創作座談會上重申，文藝要表現馬列主義和毛澤東思想，並點名譴責沙葉新的「假如我是眞的」。此言一出，該劇旋遭禁演。一九

⑲ 鄧小平：〈在中國文學藝術工作者第四次代表大會上的祝詞〉，《人民日報》，一九七九年十月三十一日。

八一年二和三月，中共中央相繼下達了第七號和第九號文件，前者針對文藝界而發，命令作家要在馬列主義和毛澤東思想指導下，批判「鼓吹錯誤思潮的作品」，同時必須接受共產黨的領導，「無條件地同中央保持政治上的一致，不允許發展與中央路線、方針、政策相違背的言論」。後者則授權高級幹部，可以逮捕民主運動人士，扣押地下刊物，對於反黨、反社會主義的活動分子「不能手軟」。傷痕文學至此，正式被中共封殺了。

稍後的一九八一年四月，《解放軍報》卽公開批鬥白樺的劇本「苦戀」，《人民日報》、《北京日報》、上海《解放日報》以至《紅旗雜誌》，都加入圍剿的陣營。七月十七日，鄧小平親口質問：「〔太陽和人〕，就是根據劇本『苦戀』拍攝的電影，我看了一下。無論作者的動機如何，看過以後，只能使人得出這樣的印象：共產黨不好，社會主義制度不好。這樣醜化社會主義制度，作者的黨性到那裏去了呢⑳？」八月三日，胡耀邦也在思想戰線問題座談會上表示，「苦戀」不是一個孤立的問題，類似脫離社會主義的軌道、脫離共產黨的領導、搞自由化的言論和作品不止一端，「對這種錯誤傾向，必須進行嚴肅的批評而不能任其泛濫」㉑。凡此用語，幾

⑳ 鄧小平：〈關於思想戰線上的問題的談話〉，收入《三中全會以來重要文獻選編》，中共中央文獻研究室主編，北京人民出版社出版，吉林人民出版社重印，一九八二年八月第一版，一九八二年九月吉林第一次印刷（下册），頁八七九。

㉑ 胡耀邦：〈在思想戰線問題座談會上的講話〉，收入《三中全會以來重要文獻選編》，同⑳，頁八九八。

與《解放軍報》全同，白樺因此被迫自我批評。九月，他寫了書面檢討，但未獲通過。十月，鄧小平親令批判「苦戀」的文章在《文藝報》發表，《人民日報》奉命轉載，白樺終於公開向中共認錯與致謝。鄧小平此舉，令人想起五十年代毛澤東授意下的交心運動，兩者如出一轍，都是共產黨「不殺身體殺靈魂」的傑作。

一九八二年五月，中共紀念毛澤東〈延安文藝講話〉發表四十年時，除主張對其文藝思想既要堅持，又要發展外，還規定作家必須堅守四項基本原則，克服文藝工作中自由化的傾向，勇於歌頌新人新事新思想，熟悉羣衆火熱的鬪爭生活等。六月，「文聯」舉行第四屆全委會第二次會議，又通過了文藝工作者公約，明定認眞學習馬列主義和毛澤東思想等，可見大陸作家並未因毛澤東已死，而獲眞正的解放。

值得世人留意的是，何謂「一要堅持，二要發展」？中共此時重申，毛澤東文藝思想的重點組成部分——〈延安文藝講話〉等論著，表明了文藝首先是爲工農兵服務的方向，從過去到未來，其根本精神都是中共文藝的指針。而「爲人民服務，爲社會主義服務」，就是對毛澤東文藝思想的重要發展。周揚也承認，文藝從屬於政治的看法不正確，但不提此語，並非表示文藝與政治無關，可以脫離政治。「三中全會以來，文藝的主流是好的，必須肯定，但是也有錯誤、也有支流。隨着對外開放和對內搞活經濟的巨大政策轉變而來的思想戰線上的資產階級自由化傾向，就是不容忽視的支流。強調文藝爲社會主義服務，就要反對這種傾向」㉒。周揚在文革期間被扣上手銬，單獨囚禁多年，復出後的發言，曾被視爲代表官方，不見轉圜的餘地。

由此可知，鄧小平對毛澤東文藝思想的發展，仍不脫文藝爲政治服務的本意。所謂人民，所謂社會主義，在共產黨的觀念中都有特殊指涉，與一般認定者不同。例如「人民政協共同綱領」中，人民的定義是：「工人階級、農民階級、小資產階級、民族資產階級，以及從反動階級覺悟過來的某些愛國民主分子㉓。」這還是含有強烈統戰意味的從寬解釋，但絕非指全民，自不待言。社會主義在彼等心目中，更是共產主義的過渡和必經階段。此二名詞原在法律和經濟上各有要涵，中共則於政治上壟斷它們，據爲己用。換言之，「文藝爲人民服務，爲社會主義服務」，其實就是爲共產黨服務。中共亦宜承認此點，方能解說作家何以必須堅守四項基本原則，而不與「爲人民服務」重點相違。四項基本原則的核心，正是堅持共產黨領導。

果然，中共又於一九八三年發動了新整風。該年十月，鄧小平在十二屆二中全會上提出思想和文化戰線清除精神污染的問題，正式揭開對理論界和文藝界的整肅。中共自稱近年來造成污染的主因有二，一爲封建主義殘餘的影響，二爲資本主義思想的侵蝕。後者尤爲其所懼恨，說明中

㉒ 周揚：＜一要堅持，二要發展＞，《人民日報》，一九八二年六月二十三日。

㉓ 見《增訂中共術語彙解》，同⑰，頁二二。

共歷來對作家示警的無效，也暴露外來思想對大陸的衝擊。清汚運動聲中，穿制服的文藝官員紛紛表態，加入批評和自我批評的行列，白樺的「吳王金戈越王劍」、徐敬亞的「崛起的詩羣」等皆遭批判。白樺此部歷史劇所獲的罪名，是和社會主義的精神背道而馳，「苦戀」也被舊話重提，指其表現人的異化，顯示共產黨在壓抑和摧殘人性，因此和張笑天的小說〈離離原上草〉一樣，都在醜化社會主義制度。「苦戀」帶動了大陸文藝創作的異化，並隱喻毛澤東爲災難的根源，與鄧小平反覆申說的「毛澤東功績第一，錯誤第二」不符，中共因此對白樺的餘恨未消。

然而鄧小平近年來倡言的四個現代化，必須借重知識分子的智慧與力量，因此中共在整肅思想界與文藝界之際，又恐後遺症太大，既不利於建設，且影響外資外才的吸收，鄧小平的文藝政策不免表現收放兩難的面貌。一九八四年八月中旬出版的《紅旗雜誌》就強調，文藝評論時的澆花與鋤草缺一不可，因爲鮮花與雜草間的矛盾鬬爭，是此消彼長的㉔。該雜誌聲稱要做到毛澤東三不主義——不抓辮子、不扣帽子、不打棍子；其實這與雙百政策——百家爭鳴、百花齊放，都是毛澤東的「陽謀」，劣跡彰彰在世人耳目，中共現又引爲號召，不啻喚醒大陸作家對毛澤東猶新的記憶，實難謂爲高明。

㉔ 高占祥：〈開一代文藝評論新風〉，《紅旗半月刊》，一九八四年十六期，一九八四年八月十六日出版，頁一五。

一九八四年十二月二十九日至一九八五年一月五日，「中國作家協會」舉行第四次大會，開幕典禮上的若干講詞，表達了追求創作自由的願望，閉幕式通過的新章程，也寫進「充分尊重文學藝術規律，發揚文藝民主，保證創作自由」等字句，爲與會作家燃起一些希望。但是徒法不足以自行，鄧小平在第四次「文代會」上也說過：「文藝這種複雜的精神勞動，非常需要文藝家發揮個人的創造精神。寫什麼和怎樣寫，只能由文藝家在藝術實踐中去探索和逐步求得解決。在這方面，不要橫加干涉。」言猶在耳，稍後的批判「苦戀」與清除精神汚染，即由鄧小平發動或認可。彼若想起當時全場感激的掌聲時，能不羞愧自己的寡信？此次大會重演的掌聲，事實證明又託空了。

大會召開當天，代表中共中央的《人民日報》評論員撰文，重申三不主義，「對於資產階級腐朽思想的侵蝕，封建主義思想的遺毒也要加以抵制」㉕。後二語和清汚運動的內容全同，鄧小平的重要幹部胡啓立也在會中強調及此，並引用了史達林的名言：「作家是人類靈魂的工程師。」這與其說是對作家的恭維，不如說是訓令。中外共產黨人有志一同，深感要改造社會，必先改造人心，作家就得執行這項洗腦的任務，而其本身當然要先接受洗腦。爲了安撫人心，胡啓立承認

㉕ 本報評論員：〈大鼓勵，大團結，大繁榮——祝賀全國作協第四次會員代表大會召開〉，《人民日報》，一九八四年十二月二十九日。

共產黨對文藝的領導有如下缺點：

一、存在着「左」的傾向，長期以來干涉太多，帽子太多，行政命令也太多。

二、派了一些幹部到文藝部門和單位去，有的不太懂文藝，這也影響了共產黨和作家、文藝工作者的關係。

三、文藝工作者之間，作家之間，包括黨員之間，黨員和非黨員之間，地區之間，相互關係不夠正常，過分敏感，彼此議論和指責太多。

胡啓立公布的解決之道，是要改善和加強共產黨對文學事業的領導[26]。此說顯示中共不想放鬆控制，減輕大陸作家的壓力，也無視老演員趙丹的遺言：「管得太具體，文藝沒希望。」胡啓立一面承認干涉太多是缺點，一面又誓言要加強領導，此種矛盾可謂立即和明顯。

共產黨對於文藝工作的領導，胡啓立認爲「總的來說是好的」，他又引列寧語，直指社會主義文學是「眞正自由的文學」，凡此皆與史實相反。中共自延安時期始，文藝領導就與文藝整風密不可分，從王實味的死於非命，到白樺的被迫自辱，大陸作家的血痕猶在，餘悸猶存，共產黨對文藝工作的領導，總的來說是極壞的，而其罪惡的根源，正是列寧主義。至於如何使大陸作家

[26] 胡啓立：〈在中國作家協會第四次會員代表大會上的祝詞〉，《人民日報》，一九八四年十二月三十日。

眞正進入自由創作之境？胡啓立開出的藥方，竟是「反對資本主義的腐朽思想和封建主義的遺毒」等，此種官方旨意，無法令人樂觀，「作協」新章程也依然規定，要以馬列主義和毛澤東思想爲指導。這項規定與「保證創作自由」列於同條，再度顯露矛盾與陷阱，眞正自由的文學云乎哉？大陸作家的新希望又在何處？

一九八五年十月三十一日至十一月四日，「作協」召開工作會議。近年來已成爲鄧小平親信的王蒙，在會中以常務副主席的身分告訴作家們，要學習馬克思主義的理論，樹立革命的世界觀，深入火熱的鬪爭生活，了解共產黨事業的根本利益等。他還爲胡啓立在大會上的講話作註，指出官方所提創作自由是有要求的㉗。在中共的要求下，劉賓雁的〈第二種忠誠〉和〈我的日記〉，王培公編劇、王貴導演的〈WM〉，先後遭到封殺。事實證明，在鄧小平的統治下，作家依舊無法安枕，不願在毛澤東陰影下生活的遇羅錦，當然就會適時的求去了。稍後，王蒙果然一償宿願，擔任「文化部長」，正式傳播起中共的文藝訓令來。

一九八七年初，劉賓雁和王若望又遭嚴厲批判，雙雙被中共開除黨籍。王若望一如劉賓雁，一九七九年復出後不改其志，主張以文學爲媒，行不平之鳴，強調眞實之必要，並以關懷民間疾

㉗〈王蒙在中國作協工作會議上說：在堅持創作自由的同時須強調作家的社會責任〉，《人民日報》，一九八五年十一月六日。

苦爲己任。由於大陸文藝界受到中共的壓制，使得反映現實生活的作品日少，粉飾太平的文詞日多，他深爲此憂，因此和魯迅一樣，矢志寫不瞞不騙的文章。大陸文壇說他是未來學的預言家，因爲一九八〇年起，每年春季都要刮出一道冷風，而爲王若望所不幸言中，一九八七年首當其衝的正是他本人。由此亦可證明，鄧小平未能忘懷毛澤東的文藝政策，且已繼承了毛澤東的部分手法，世人能夠永遠視若無睹麼？

四、結　論

歲月不居，毛澤東業已離世多載，死靈魂仍附着於中共的文藝政策中，也禍延到大陸作家身上，可謂其來有自。毛澤東身兼中共的列寧和史達林，此種雙重身分，已成歷史定論。因此，俄共可以全面批判史達林，中共則無法全盤否定毛澤東。鄧小平在第四次「文代會」上的祝詞，現已被中共奉爲文藝工作的最高指導原則，其中就不止一次稱頌毛澤東及其思想。一九八三年七月出版的《鄧小平文選》，提及毛澤東之處更達五百二十一次，且語多揄揚。鄧小平有關文藝的言行，證明他自己也無法擺脫毛澤東的陰影。

甚至，他根本無意全面擺脫。共產主義本爲一種意識形態，文藝則爲所有意識形態中最引人入勝的一環。拿破崙在前線督戰時，猶隨身攜帶《少年維特之煩惱》，並以武人的身分，道出

「筆勝於劍」這句千古名言。中共在有延安根據地之前，已於文藝戰場上先操勝劵，一九四九年大陸之赤化，三十年代文人亦有功焉。毛澤東昔日得逞的啓示，鄧小平心領神會，對於作家也就既拉攏又威嚇了。時至今日，鉛字在大陸上仍多屬管制品，作家欲發表作品，須先通過層層把關，與毛澤東時代殊無二致。「有創作自由，下筆如有神；無創作自由，下筆如有繩」。所謂社會主義的創作自由，既以堅持四項基本原則爲前提，下筆有神就成爲不少大陸作家的奢望了。

政治原是一種藝術，重視中庸之道。對共產黨而言，藝術卻是政治的一部分，因此有文藝政策之設。早在三十年代前夕，梁實秋先生在與魯迅論戰時就指出，文藝而可以有政策，本身就是名辭上的矛盾。俄共頒布的文藝政策，只是兩種卑下心理的顯現：一是暴虐，以政治手段剝削作者的思想自由；一是愚蠢，以政治手段強求文藝的清一色㉘。昔日的俄共如此，今日的中共亦然，因爲中共的文藝政策原就脫胎於俄共。大陸作家現已呼籲，要改變驚弓之鳥的現象，首應消滅驚鳥之弓。此弓卽爲文藝政策，長期以來由中共領袖和文藝幹部掌握，偶有鬆手之時，但無棄弓之日，從過去到現在，莫不如此。在文藝乃至政治領域寄望鄧小平的人，註定要以失望收場，因爲他們忘記了一項常識：鄧小平是一名執政的共產黨員，假如他放棄共產黨領導，就不可能執

㉘ 梁實秋：〈所謂「文藝政策」者〉，收入《偏見集》，復收入《梁實秋論文學》，臺北時報文化出版公司，民國六十七年九月初版，頁二九二。

政了。

平情而論，鄧小平畢竟是文化大革命的受害者，在慘痛教訓之餘，當不會製造一次文革式的整風，也不致在文壇演出胡風所說的「淸風過耳，人頭落地」。任何腥風血雨，必不利於四個現代化的建設，因此相對於舉世無雙的毛澤東，鄧小平的舉措自較和緩。然而文藝爲共產黨服務，作家必須管制，作品不免受檢，創作自由徒託空言等，皆爲中共文藝政策的一貫不變處。據此，從現在到未來，我們仍難想見，鄧小平及其幹部許諾的園子裏眞會百花齊放，就像毛澤東早就許諾過的一樣。

魯迅與五四運動

一、前　言

一九三六年九月五日，病中的魯迅立下了遺囑，主張對於怨敵「一個都不寬恕」，並提醒親屬七點：

一、不得因爲喪事，收受任何人的一文錢——但老朋友的，不在此例。
二、趕快收斂、埋掉、拉倒。
三、不要做任何關於紀念的事情。
四、忘記他，管自己生活——倘不，那就眞是糊塗蟲。
五、孩子長大，倘無才能，可尋點小事情過活，萬不可去做空頭文學家或美術家。
六、別人應許給你的事物，不可當眞。

七、損著別人的牙眼，卻反對報復，主張寬容的人，萬勿與之接近❶。

這篇遺囑頗能顯示魯迅的人生觀，並表現其個性率眞的一面。十月十九日，他與世長辭，終年五十五歲。

魯迅死後次日，中共中央的唁電即到，毛澤東也列名治喪委員，從此他在中共世界享有鼎盛的香火，歷時半世紀而不衰。毛澤東曾經聲言，魯迅是五四運動後的共產主義文化新軍中，最偉大和最英勇的旗手❷。中共的史家也頌揚他是五四時期的偉大導師，與李大釗並肩領導了民主啓蒙運動❸。魯迅所獲的美言越多，得以還原的史實就越少，而且形成一種「捧殺」，徒陷其於不義，因此探討魯迅與五四運動的關係，當屬必要。

---

❶ 魯迅：〈死〉，見《且介亭雜文末編》，收入《魯迅全集》第六卷，人民文學出版社，一九八一年北京第一版，一九八一年上海第一次印刷，頁六一二。

❷ 毛澤東在此尚有更多的頌詞：「魯迅是中國文化革命的主將，他不但是偉大的文學家，而且是偉大的思想家和偉大的革命家。魯迅的骨頭是最硬的，他沒有絲毫的奴顏和媚骨，這是殖民地半殖民地人民最可寶貴的性格。魯迅是在文化戰線上，代表全民族的大多數，向着敵人衝鋒陷陣的最正確、最勇敢、最堅決、最忠實、最熱忱的空前的民族英雄。魯迅的方向，就是中華民族新文化的方向。」見毛澤東：〈新民主主義論〉，收入《毛澤東選集》第二卷，人民出版社，一九六五年六月北京第十二次印刷，頁六九一。

❸ 華崗：《五四運動史》，新文藝出版社，一九五三年十一月上海第二次重印，頁一〇〇。

二、魯迅對五四運動的原始評價

一八八一年九月二十五日，本名周樹人的魯迅生於浙江紹興一個破落之家，祖父周介孚出身進士，曾任京官，父親周伯宜考上秀才，但在鄉試時多次落第。一八九三年祖父因科場行賄案入獄，父親受累被扣考斥革，不久卽患病，家道由是中落。「有誰由小康人家而墜入困頓的麼？我以爲在這路途中，大概可以看見世人的眞面目」❹。此種童年經驗使他提早變得世故，並走向反傳統的第一步。許多人認爲魯迅是虛無主義者，虛無主義（Nihilism）一詞晚近見諸屠格涅夫的《父與子》，從屠格涅夫到貝查也夫，都形容虛無主義者具備反傳統的特性。魯迅在一九二五年勸青年勿看中國書，加入「左聯」後又推廣大衆語運動，欲以羅馬拼音（拉丁化）代替漢字，無不表現否定傳統文化的態度。

一八九六年秋，魯迅的父親在患病三年後逝世。三年內家中變賣田地和典當衣飾，仍無濟於事，魯迅由此不信任中醫，後來更決心攻讀現代醫學。一八九八年五月，他因江南水師學堂免收

❹ 魯迅：〈《吶喊》自序〉，見《吶喊》，收入《魯迅全集》第一卷，人民文學出版社，一九八一年北京第一版，一九八一年上海第一次印刷，頁四一五。

學費而前往就讀，時值維新運動的高潮，梁啓超主編的《時務報》、嚴復翻譯的《天演論》等皆爲中國知識青年所嗜讀，魯迅亦不例外，並成爲進化論者。一八九九年一月，他轉入江南陸師學堂附設的礦路學堂，該校是慈禧太后下令成立的，總辦兪明震屬於新派人物，提供學生《譯學滙編》等報刊，魯迅由此進一步接觸到西方近代思潮。他無志於本科，下課後不溫習課業，終日閱讀小說如《西廂記》等。對《紅樓夢》幾能背誦，雖然如此，礦路學堂的畢業生中有五名被派往日本求學，他仍爲其中之一。

一九〇二年三月二十四日，魯迅乘船赴日，初入東京弘文學院，修習日語和基本課程，其間常與同學許壽裳討論三個相關問題：

㈠怎樣才是最理想的人性？

㈡中國國民性中最缺乏的是什麼？

㈢它的病根何在❺？

他遠適異域，遙望風雨飄搖的祖國，心頭一日百轉，曾題詩贈許壽裳：「靈台無計逃神矢，風雨如磐闇故園。寄意寒星荃不察，我以我血薦軒轅。」是年秋，旅日的浙江留學生成立了同鄉

---

❺ 許壽裳：《亡友魯迅印象記》，人民文學出版社，一九五三年六月北京第一版，一九五五年九月北京第三次印刷，頁二〇。

會，並於一九〇三年二月出版《浙江潮》，魯迅於六月發表編譯的〈斯巴達之魂〉，鼓吹尚武精神，展現愛國主義的風貌。稍後他還翻譯了法國儒勒・凡爾納的科幻小說《月界旅行》，且在譯本弁言中表明欲藉小說改良思想，此爲其文藝功能說的發端。

一九〇四年九月，魯迅轉學仙臺醫專，餘暇喜讀文學書籍，尤愛俄國果戈里、波蘭密茨凱微支、匈牙利裴多菲、英國拜倫的作品。在校期間偶觀日俄戰爭的紀錄片，出現中國人圍看自己同胞被砍頭而神情痲木的畫面，他深感刺激，覺得醫學非關緊要，凡是愚弱的國民，即使體格健全茁壯，也只能做毫無意義的示衆材料和看客，所以首應改變精神。至此他終於決定棄醫從文，便於一九〇六年四月初退學，夏日返國成婚，秋天再度赴日，準備從事文學工作。

一九〇七年起，魯迅在東京陸續發表〈人間之歷史〉、〈文化偏至論〉、〈摩羅詩力說〉等文，介紹達爾文學說，推崇尼采思想，強調「非物質、重個人」，用「主觀與意力主義之興」，來挽救「唯物極端」的流弊。他力言「是非不可公於衆，公之則果不誠；政事不可公於衆，公之則治不郅。惟超人出，世乃太平。苟不能然，則在英哲」❻。凡此思想，傾向唯心史觀與英雄史

---

❻ 魯迅在〈文化偏至論〉中，批判唯物論甚力，認爲唯物的傾向，固以現實與權輿，浸潤人心，久而不止，因此在十九世紀蔚爲大潮，據地極堅，且影響後世，一若生活之本根，捨此將不存者。「不知縱令物質文明，即現實生活之大本，而崇奉逾度，傾向偏趨，外此諸端，悉棄置而不顧，則按其究竟，必將緣偏頗之惡因，失文明之神旨，先以消耗，終以滅亡，歷世精神，不百年而具盡矣」。在〈摩羅詩力

觀，自與共產主義格格不入，中共的史家後來努力爲其辯解，但也不能不表示如下的觀點：「顯然，當時魯迅對十九世紀末葉歐洲哲學思潮的看法是一種錯覺。他把資產階級墮落時期的反動思潮當作了新的思潮❼。」

一九〇九年八月，魯迅結束七年的旅日生涯，返國任教於浙江兩級師範，次年九月轉任紹興府中學教員。一九一二年民國肇建，他接受蔡元培的邀請到教育部任職，並隨政府遷至北京，長期擔任僉事的職務。在北京期間，恰逢五四運動發生，他對此項愛國壯舉的反應如何？一九一九年五月四日，其日記全文如下：「四日曇。星期休息。徐吉軒爲父設奠，上午赴弔，並賻三元。

說〉中，他質問當時的中國，爲精神界之戰士者何在？「有作至誠之聲，致吾人於善美剛健者乎？有作溫煦之聲，援吾人出於荒寒者乎？家國荒矣，而賦最末哀歌，以訴天下貽後人之耶利米，且未之有也。非彼不生，卽生而賊於衆，居其一或兼其二，則中國遂以蕭條。勞勞獨軀殼之事爲圖，而精神日就於荒落；新潮來襲，遂以不支」。他在此再度強調精神之重要，而「賊於衆」的譴語至爲嚴厲，亦可證彼時他爲強烈的個人主義者。

〈文化偏至論〉與〈摩羅詩力說〉均見《墳》，收入《魯迅全集》第一卷，同❹，前篇頁四四—六二，後篇頁六三—一一五。

❼ 朱正：《魯迅傳略》，人民文學出版社，一九八二年九月北京新一版，一九八二年九月，湖北第一次印刷，頁六〇。

下午孫福源君來。劉半農來，交與書籍兩冊，是丸善寄來者❽。」魯迅一向罕記時事，所以當天未提學生運動並不足深異，但他此後所有公開發表的文字，仍無一語爲之讚頌。

一九二〇年五月四日，五四運動已屆周年，他在是日修書宋崇義，直謂「比年以來，國內不靖，影響及於學界，紛擾已經一年。世之守舊者，以爲此事實爲亂源；而維新者又讚揚甚至。全國學生，或被稱爲禍萌，或被譽爲志士，然由僕觀之，則於中國實無何種影響，僅是一時之現象而已；謂之志士固過譽，謂之亂萌，亦甚冤也」❾。由此可知，魯迅既感五四運動帶來紛擾，又以此事不足掛齒，終將被時間沖刷而去。他同時批評當時的社會現象，認爲新思潮在外國已是普遍之理，一入中國便大嚇人，提倡者思想不徹底，言行不一致，故每每發生流弊，而新思潮本身固不任其咎。「要而言之，舊狀無以維持，殆無可疑；而其轉變也，既非官吏所希望之現狀，亦非新學家所鼓吹之新式，但有一塲糊塗而已」❿。由此可知，他認爲新思想運動的前景並不樂觀，而其弊端在人謀不臧。

---

❽ 魯迅：〈已未日記〉（一九一九年五月四日），收入《魯迅全集》十四卷，人民文學出版社，一九八一年北京第一版，一九八一年上海第一次印刷，頁三五五。

❾ 魯迅：〈致宋崇義〉（一九二〇年五月四日），收入《魯迅全集》十一卷，人民文學出版社，一九八一年北京第一版，一九八一年上海第一次印刷，頁三六九。

❿ 同❾，頁三七〇。

一九二五年十一月，魯迅在爲《熱風》題記時指出，途經北京西長安街一帶時，總可看見幾個衣履破碎的窮孩子叫賣報紙，三、四年前他們身上偶然還有制服模樣的殘餘，再早就更體面，簡直是童子軍的擬態。「那是中華民國八年，卽西曆一九一九年，五月四日北京學生對於山東問題的示威運動之後，因爲當時散傳單的是童子軍，不知怎的竟惹了投機家的注意，童子軍式的賣報孩子就出現了。其年十二月，日本公使小幡酉吉抗議排日運動，情形和今年大致相同；只是我們的賣報孩子卻穿破了第一身新衣以後，便不再做，只見得年不如年的顯出窮苦」⓫。魯迅在此以一貫陰冷的筆觸，寫出他對五四運動所能有的聯想。到了一九三五年，他在爲《中國新文學大系》小說二集寫序時，態度仍未改變，認爲北京雖是五四運動的策源地，但自從支持《新青年》和《新潮》的人們風流雲散以來，一九二〇年至二二年間，倒顯著荒涼的古戰場情景⓬。

以上就是毛澤東筆下「偉大的革命家」，對於五四運動所發表過的主要感想。魯迅實難預料，這個和他頂頭上司——北洋政府過不去的愛國運動，後來會被毛澤東說成「是在當時世界革命號召之下，是在俄國革命號召之下，是在列寧號召之下發生的」⓭，且被中共描繪成「是以共

⓫ 魯迅：〈《熱風》題記〉，見《熱風》，收入《魯迅全集》第一卷，同❹，頁二九一。

⓬ 魯迅：〈《中國新文學大系》小說二集序〉，見《且介亭雜文二集》，收入《魯迅全集》第六卷，同❶，頁二四五。

⓭ 同❷，頁六九三。

產主義知識分子爲首的，以無產階級文化思想爲領導的遊行示威」⑭。一九八一年魯迅百年誕辰，時任中共中央總書記的胡耀邦在紀念大會上表示：「魯迅的一生是戰鬪的一生，他熱切地追求眞理，永不停頓地前進，始終站在時代潮流的前列⑮。」這段頌詞如果驗證在五四運動上，顯然言重了。

魯迅在五四當天的日記中，提及孫福源來訪。孫福源卽孫伏園，魯迅被中共神化後的一九五三年，孫氏撰文追憶當日的情景，指出自己在天安門大會後，又參加示威遊行，接著便到南半截胡同拜訪魯迅，並不知道後面還有火燒趙家樓這一幕，晚上回到宿舍，才知後半場的轟轟烈烈，且有大批同學被捕，運動方才開始。「魯迅先生詳細問我天安門大會場的情形，還詳細問我遊行時大街上的情形。他對於青年的一擧一動是無時無刻不關懷著的。一九一九年他並沒有在大學兼任教課，到他那裏走動的青年大抵是他舊日的學生。他並不只是關懷某些個別青年的一擧一動，他所無時無刻不關懷的是全體進步青年，大部分是他所不認識的，也是大部分不認識他的那些進步青年的一擧一動。他怕青年上當，怕青年吃虧，怕青年不懂得反動勢力的狡猾與凶殘，因而敵

⑭ 劉弄潮：〈「六三」高潮中的無產階級〉，收入劉誠編：《中國新民主主義革命回憶錄》，上海新人出版社，一九五一年十月初版，頁二。
⑮ 胡耀邦：〈在魯迅誕生一百周年紀念大會上的講話〉，《人民日報》，一九八一年九月二十六日。

不過反動勢力」⑯。此說如果屬實，則印證了魯迅的處世觀。他時常對比青年和老人，認為前者勝過後者，因此對青年愛護有加，先後寫下「救救孩子」、「俯首甘為孺子牛」的心聲，怕青年吃虧上當之說，也頗符合其一貫態度。

魯迅本人又何嘗不怕吃虧上當？他曾自比為一匹疲牛，明知不堪大用，也願出一些力，但不可用得太苦，還要有覓草喘氣的工夫；也不能專指為某家的牛，有時也許還要給別家挨幾轉磨；如果連肉都要出賣，那自然更不行。「倘遇到上述的三不行，我就跑，或者索性躺在荒山裏。即使因此忽而從深刻變為淺薄，從戰士變為畜生，嚇我以康有為，比我以梁啓超，也都滿不在乎，還是我跑我的，我躺我的，決不出來再上當，因為我於『世故』實在是太深了」⑰。魯迅後來聽到有人稱他「世故老人」，也不以為忤，因為他先就以此自況。或亦基於「決不出來再上當」的考慮，他對五四運動響應的文字和行動兩缺，僅止於私室中關懷青年，此處的關懷又幾乎與勸誡二字等義。中共後來說魯迅推動了五四運動，若就事件本身觀之，恐與史實相反。如孫伏園所述，魯迅為了愛護青年，希望他們明哲保身，不要擴大事端。更重要的是，若非孫伏園來告，他

⑯ 孫伏園：〈五四運動中的魯迅先生〉，收入周建人、茅盾等著：《我心中的魯迅》，湖南人民出版社，一九七九年第一版，頁三六。

⑰ 魯迅：〈《阿Q正傳》的成因〉，見《華蓋集續編》，收入《魯迅全集》第三卷，人民文學出版社，一九八一年北京第一版，一九八一年上海第一次印刷，頁三七七。

當天雖然身在北京，也不知業已發生此件如火如荼的大事。

三、魯迅在五四時期的文學經驗

五四運動本身肇因於青年學子的救亡圖存，愛國的意義重於其他，所以嚴格說來，訂五月四日爲文藝節是不盡準確的。不過，國人現在多能接受一種觀點：廣義的五四可謂思想運動。正如孫中山先生在一九二〇年一月所指出：「自北京大學學生發生五四運動以來，一般愛國青年無不以革新思想，爲將來革新事業之預備⑱。」孫先生認爲這是一種新文化運動，而且極具價值。新文化運動的諸般內容中，則以文學最引人入勝，影響力也最爲深遠，因此在五四時期佔有重要的一席。從另一角度來看，五四運動也助長了新文學運動。一九二三年胡適指出，一九一九年的學生運動與新文學運動雖是兩件事，但學運影響所及，能使白話傳遍全國，這是一大關係；況且五四運動以後，國內有識之士漸悟思想革新的重要，對新潮流採取歡迎、研究或容忍的態度，減少了類似從前的仇視，文學革命運動因此獲得自由發展，這也是一大關係，所以一九一九年以後，

⑱ 孫中山：〈爲創設英文雜誌印刷機關致海外同志書〉，收入《國父全集》第三册，中國國民黨黨史委員會編訂，臺北中央文物供應社，民國七十年八月再版，頁六七〇。

白話文的傳播有一日千里之勢⑲。魯迅在此時的文學經驗，可謂開風氣之先，且已進入了史頁。

五四運動之前，魯迅已在《新青年》上發表了三十一篇文字，包括小說三篇、詩六篇、隨感二十一篇、論文一篇。其中〈狂人日記〉被視爲中國新文學史上的首篇白話小說，發表於五四運動前一年。魯迅的創作中以小說成就爲最著，他在五四前後共寫了三十三篇，收入《吶喊》和《徬徨》者計二十五篇，另八篇歷史小說收入《故事新編》。

〈狂人日記〉從題目到布局，都受果戈里同名小說的啓發。早在撰寫〈摩羅詩力說〉時，魯迅就稱讚果戈里「以不見之淚痕悲色，振其邦人」，他也承認〈狂人日記〉頗受果戈里的影響，意在暴露家族制度和禮教的弊害，卻比果戈里的憂憤深廣⑳。在魯迅的心目中，中國幾千年來的歷史，不過是人吃人、人壓迫人的紀錄，中國文明不過是安排給闊人享用的人肉筵宴，至於中國大地，也不過是安排這人肉筵宴的廚房。於是大小無數的人肉筵宴，即從有文明以來一直排到現在，人們就在這會場中吃人、被吃，以兇人愚妄的歡呼，將悲慘弱者的呼號遮掩，更不消說吃女人和小兒。「這人肉的筵宴現在還排着，有許多人還想一直排下去。掃蕩這些食人者，掀掉這筵

⑲ 胡適：〈五十年來中國之文學〉，收入《胡適文存》第二集，臺北遠東圖書公司，民國五十七年十二月二版，頁二五六。

⑳ 同⑫，頁二三九。

席，毀壞這廚房，則是現在的青年的使命」㉑。

〈狂人日記〉的主題與此相似，但要來得低調。魯迅和其他五四人物一樣，心之所思，常爲如何改造國民的靈魂。他表示如果奴隸立其前，必哀悲而疾視，哀悲所以哀其不幸，疾視所以怒其不爭。他在小說中不斷揭露國人的劣根性，如阿Q的精神勝利法，〈藥〉中的人血饅頭，〈示衆〉中的痲木羣衆，〈端午節〉中的差不多主義，〈在酒樓上〉的看破紅塵等，都是「哀其不幸，怒其不爭」的文學說明。

五四運動前，魯迅提及革命的任務最初是排滿，這是容易做到的。其次是要國民改革自己的劣根性，此則爲難事。「所以此後最要緊是改革國民性，否則無論是專制，是共和，是什麼什麼，招牌雖換，貨色照舊，全不行的」㉒。五四運動後，魯迅的想法大致同前，強調中國改革的第一步是掃蕩廢物，造成一個使新生命得以誕生的機運。「五四運動，本也是這機運的開端罷，可惜來摧折它的很不少」㉓。他在此爲五四運動惜，似與前述的冷漠態度有別，但證諸史實，他本人並未受到五四運動的鼓舞。

㉑ 魯迅：〈燈下漫筆〉，見《墳》，收入《魯迅全集》第一卷，同❹，頁二一七。

㉒ 魯迅：〈兩地書〉（一九二五年三月三十一日），收入《魯迅全集》十一卷，同❾，頁三一。

㉓ 魯迅：〈「出了象牙之塔」後記〉，見《譯文序跋集》，收入《魯迅全集》第十卷，人民文學出版社，一九八一年北京第一版，一九八一年上海第一次印刷，頁二四四。

魯迅小說人物中最典型者，自然是阿Q，蘇雪林後來反魯，但她曾謂〈阿Q正傳〉不單以刻畫鄉下無賴漢爲能事，實影射中國民族普遍的劣根性，也不單叫人笑，實包蘊一種嚴肅的意義㉔。劣根性除了精神勝利法外，還有卑怯、善投機、誇大狂與自尊癖，這些都是同類的。此外，色情狂、薩滿教式的衞道精神、多忌諱、狡猾、愚蠢、貪小利、富倖得心、喜湊熱鬧、糊塗昏聵、麻木不仁等，也是魯迅賦予阿Q的㉕。從社會意義來看，阿Q充滿了「乏相」，用今天流行的名詞稱之，則是充滿了無力感，魯迅痛指中國人不敢正視各方，用瞞和騙造出奇妙的逃路，而自以爲是正路，證明國民性的怯弱、懶惰和巧滑。一天一天的滿足着，卽一天一天的墮落着，卻又覺得日見其光榮。每亡國一次，就添加幾個殉難的忠臣，後來不想光復舊物，只去讚美那幾個忠臣；遭刼一次，就造成一羣不辱的烈女，事後也不思懲兇自衞，只顧歌頌那一羣烈女。中國人向來因爲不敢正視人生，只好瞞和騙，由此也生出瞞和騙的文藝來，結果更陷入瞞和騙的大澤中而不自覺㉖。魯迅有感於此，所以矢志寫不瞞不騙的作品。他爲了和前驅者同一步調，業已刪削些黑暗，裝點些歡容，使作品顯出若干亮色，那就是包括了〈狂人日記〉、〈阿Q正傳〉等在內的《吶喊》。由此可知，魯迅的文心較字面更爲陰冷黯淡，他在不瞞不騙的前提下，暴露社會的

㉔ 引自曹聚仁：《魯迅評傳》，臺北瑞德出版社，民國七十一年十一月重印本，頁六五。
㉕ 同㉔，頁七一。
㉖ 同㉔，頁七〇。

病根時已略有保留。

魯迅棄醫從文之初，小說在中國不算是文學，寫小說的不能稱爲文學家，所以沒有人想在這條路上出世，他也無意將小說擡進「文苑」，不過想用此力量來改良社會。當然，寫小說時不免有些主見，談到寫作的動機，他仍抱着啓蒙主義之念，以爲必須是「爲人生」，而且要改良這人生。他深惡先前的稱小說爲「閒書」，而且將「爲藝術的藝術」，看做不過是「消閒」的新式別號，所以他的取材，多採自病態社會的不幸者，旨在揭出病苦，引起療救的注意㉗。魯迅和當時許多新文學家一樣，以反映社會現實、促使社會進步爲職志，他把中國歷史概括成「吃人」二字，並且質問「歷來如此，便對麼?」因此要求衝破一切傳統思想和手法，強調當務之急，一要生存，二要溫飽，三要發展。「苟有阻礙這前途者，無論是古是今，是人是鬼，是『三墳』『五典』，百宋千元，天球河圖，金山玉佛，祖傳丸散，秘製膏丹，全都踏倒他」㉘。這種衝決網羅的意念，可謂全面反傳統主義，魯迅既有此種整體性的反傳統思想，又對某些傳統的價值觀，在認識上和道德上有所承擔，因此兩者間存在着深刻難解的緊張。傳統價值觀之一的「念舊」，就是魯迅心頭無法抹去的意識。此外，他在全面否定傳統之餘，沒有把握眞正掃除那傳統鬼怪的情

㉗ 魯迅：〈我怎樣做起小說來〉，見《南腔北調集》，收入《魯迅全集》第四卷，人民文學出版社，一九八一年北京第一版，一九八一年上海第一次印刷，頁五一二。

㉘ 魯迅：〈忽然想到（六）〉，見《華蓋集》，收入《魯迅全集》第三卷，同⑰，頁四五。

緒，這種悲觀的基調表現在〈狂人日記〉中，並幾乎彌補在他五四時期的所有作品裏㉙。魯迅激昂的聲音，有時似乎透現出疲累來。

容我們如此說：這不是魯迅自己的無力感麼？或許正由於無力感過深，他後來放棄了寫〈文化偏至論〉時的想法：「與其抑英哲以就凡庸，曷若置衆人而希英哲。」他離開北京到厦門後，終於改口說道：「世界卻正由愚人造成的，聰明人決不能支持世界㉚。」這種肯定多數的言論，被中共指為魯迅唯物歷史主義思想的萌芽，卻標誌他五四時代的結束。「寂寞新文苑，平安舊戰場；兩間餘一卒，荷戟獨徬徨」。此詩是他四顧茫然的自況，也顯示了吶喊後的文學心情。

四、結論

魯迅對五四運動的冷漠，與他當時的文學表現相較，頗見差異，這也說明了五四運動的本質。五四運動可謂民族主義和民權主義並重，而以愛國為第一要義，抗議對象是孫中山先生形容為頑劣的北洋政府，表現的熱誠則令策國者知中國人心未死。魯迅時任北洋政府的「公僕」，但

㉙ 林毓生：〈魯迅的複雜意識〉，收入樂黛雲編：《國外魯迅研究論集》，北京大學出版社，一九八一年十月第一版，頁五一。

㉚ 魯迅：〈寫在《墳》後面〉，見《墳》，收入《魯迅全集》第一卷，同❹，頁二八六。

其職位只屬「區區」，自不必負僭竊之罪，但他既不願犧牲職位，更談不上犧牲萬有，所以就和五四運動保持距離了。

然而，魯迅雖未歌頌新文化運動，畢竟是新思想的支持者，新觀念的鼓吹者，因此他以文字爲媒，盼能一滌社會的積弊，順帶一澆自己的塊壘。魯迅胸中的塊壘爲何？他久棲北京腐化的官場中，在物質生活上不免要向卑劣者敷衍，在精神生活上乃以文學爲工具，發出反抗黑暗的聲音。「詩可以怨」，小說與雜文亦然，因此他勤於筆耕，造就了自己的文學地位。

略似狄更斯在《雙城記》中的描述：最好與最壞、智慧與愚昧、信仰與懷疑、光明與黑暗、所有與全無、天國與地獄、希望的春天與絕望的冬天——一切對立的景象，都到魯迅眼前來。魯迅以本名向北洋政府討生活，而以筆名吶喊着希望的春天。鄭學稼先生說魯迅的生活有黑暗與光明兩面㉛，此語也可用來說明魯迅與五四的關係——他對愛國運動的反應是「有所不爲」，推展新文學運動則不遺餘力。純就前者而論，他欠缺超邁時空的眼光，致其議論禁不起歷史的考驗。

㉛ 鄭學稼：《魯迅正傳》，臺北時報出版公司，民國六十七年七月增訂初版，頁四四。

魯迅的生前死後

一、前　言

魯迅生於一八八一年九月二十五日，卒於一九三六年十月十九日。歲月不居，如今他已病逝半個多世紀了。

長期以來，魯迅的死靈魂享有高度讚譽，也被高度扭曲。一九四〇年，毛澤東即擧之爲共產主義文化新軍「最偉大和最英勇的旗手」❶。一九八一年，胡耀邦在其百年誕辰大會上宣稱，魯迅和共產黨站在一起，直到生命的最後一息；他處於共黨陣營和左翼文藝界的內部，「總是着重

❶ 毛澤東：＜新民主主義論＞，收入《毛澤東選集》第二卷，人民出版社，一九六五年六月北京第十二次印刷，頁六九一。

於團結起來，一致對敵」❷。凡此論調，是否禁得起史實的考驗，值得吾人探討。

魯迅逝世迄今，中國迭生巨變，堪爲魯迅告者也不乏其事。若溯及他的生前經驗，諸事皆有脈絡可尋，因此先從魯迅的晚年談起。

二、魯迅的晚年

中國文人可大別爲兩類，一爲儒林（經師），一爲文苑（詞章），魯迅有關後者的成就已被世人肯定，但他在抱負上則傾向前者，經常無法忘情於此。他之所以加入「左聯」，成爲「革命的旗手」，主因是大勢所趨不甘孤立，但內心多少有一份排除阻礙與黑暗的使命感自撐。按照他過去的說法，「爲人生」既是改良社會，而革命則是改革社會的積極和具體表現，當時他大約存有此念。周作人嘗謂：「言他人之志即是載道，載自己的道亦是言志❸。」由此看魯迅的「爲人生」，實接近「言志」，與當時左派的「爲人生」是「載道」者不同，這是極細微的區別，但關係重大，所以他不願受教條約束❹。加之魯迅的感情時常牽動理智，每與情緒的對手拉長距離，

---

❷ 胡耀邦：〈在魯迅誕生一百周年紀念大會上的講話〉，《人民日報》，一九八一年九月二十六日。

❸ 周作人：《中國新文學大系》散文一集導言，香港文學研究社，一九七二年影印再版，頁一一。

❹ 司馬長風：〈始於吶喊，終於徬徨——談魯迅的文藝思想〉，原載香港《明報月刊》一〇八期，一九七四年十二月。收入茶陵（周玉山）主編：《魯迅與阿Q正傳》，臺北四季出版公司，民國七十年十月初版，頁二七八。

在思想上不甘就範。

身爲「左聯」的名義領袖，魯迅有生的最後數年頗感自哀。他在回覆徐懋庸的攻擊以後，另致楊霽雲的信中指出：「因爲不入協會，羣仙就大布圍剿陣，徐懋庸也明知我不久之前，病得要死，卻雄赳赳首先打上門來也。……其實，寫這信的雖是他一個，卻代表著某一羣，試一細讀，看那口氣，即可了然❺。」其中，「某一羣」即指中共的文化運動負責人周揚等，魯迅明知周揚的身分爲中共所賦予，但仍不惜與之絕裂。

在一九三五年九月十二日致胡風函裏，魯迅更透露被壓迫的實情：「一到裏面去，即醬在無聊的糾紛中，無聲無息。以我自己而論，總覺得縛了一條鐵索，有一個工頭背後用鞭子打我，無論我怎樣起勁的做，也是打，而我回頭去問自己的錯處時，他卻拱手客氣的說，我做得好極了，他和我感情好極了，今天天氣哈哈哈……。眞常常令我手足無措，我不敢對別人說關於我們的話，對於外國人，我避而不談，不得已時，就撒謊。你看這是怎樣的苦境❻？」所謂「裏面」是指「左聯」，「工頭」即周揚。胡風曾問魯迅，三郎（蕭軍）應否加入「左聯」？魯迅在同函中明白表示，「現在不必進去」。他覺得還是外圍出了幾個新作家，有些新鮮的成績，加入了則像

❺ 收入《魯迅全集》十三卷：「書信」，北京人民文學出版社，一九八一年第一版，頁四一六。
❻ 同❺，頁二一一。

他一樣苦在其中。正由於「左聯」是個以文學爲名而積極從事政治活動的團體，中共賦予盟員過多的政治訓令和鬪爭任務，致使他們無法定下心來寫作。魯迅爲人所稱道的作品都執筆於加入「左聯」之前，加入後主要就只有「雜感」了。雜感不乏鬪爭價值，較缺文學價値。魯迅被捧爲「中國的高爾基」，盛名之下，後來似乎有些難副其實。

一九三六年春，中共爲了「更好的促使文藝界抗日民族統一戰線的形成」，乃解散「左聯」。魯迅對此舉頗表不滿，認爲倘是同仁所決定，方可謂之解散；若他人參加意見，那就是潰散。此事關係重大，他卻一無所聞。「潰散」之說顯示魯迅對中共政策的不悅，而非僅向執行者周揚動怒。中共本對魯迅尊而不親，此時連表面的尊敬也省略了。一九三六年五月四日，魯迅寫信給王治秋時提到：「英雄們卻不絕的來打擊。近日這裏開作家協會，喊國防文學，我鑑於前車，沒有加入，而英雄們即認此爲破壞國家大計，甚至集會上宣布我的罪狀。我其實也眞的可以什麼也不做了，不做倒無罪。然而中國究竟也不是他們的，我也要住住，所以近來已作二文反擊，他們是空殼，大約不久就要銷聲匿跡的❼。」

周揚等人銷聲匿跡了嗎？魯迅立下「一個怨敵都不寬恕」的遺囑後，終於病逝。「國防文學」與「民族革命戰爭的大衆文學」兩個口號之爭，到魯迅死後暫停下來，但雙方的恩怨並未了

❼ 同❺，頁三七〇。

結。當魯迅的遺體移至上海膠州路殯儀館時，中共的「左翼文化總同盟」派人在附近散發傳單，指摘魯迅有錯誤❽。這個簡稱「文總」的組織，地位在「左聯」之上，它的黨團書記也正是周揚。不久，魯迅的弟子胡風在葬禮上強調：「魯迅是被他的敵人逼死了的，我們要替他報仇❾。」繼承了魯迅精神的胡風，後來果然指責周揚在文藝界的宗派統治，而周揚則憑藉權勢鬪倒了胡風。世人有目共睹，魯迅加入「左聯」後，已使其文學創作停擺，晚年與共產黨人的遭遇戰，更促使其形體生命提前告終。魯迅後來享有中共的稱頌與紀念，不過說明「同路人的屍體是香的」而已，無法抵消他生前的雙重悲哀，也無法挽救其弟子的各式刼難。

三、魯迅弟子的刼難

魯迅逝世後，其弟子遭刼者不知凡幾，代表人物則爲胡風與蕭軍。

胡風在五四運動後兩年接觸到新文學，初爲冰心「愛的哲學」所吸引，不久在晨報副刊讀到魯迅的《吶喊》自序，後又買到單行本，深感書中所寫正是包圍自己的黑暗與痛苦，魯迅因此成

❽ 鄭學稼：《魯迅正傳》，香港亞洲出版社，一九七四年四月再版，頁一一一。

❾ 《沫若文集》十一卷，北京人民文學出版社，一九五八年第一版，頁一八七。

爲他最親愛的名字。一九二八年胡風赴日求學，加入共產黨和左傾的藝術學研究會，並爲「左聯」東京分盟負責人之一，用谷非的筆名撰寫馬克思主義文藝理論，同時從事翻譯工作。一九三一年他一度返國，正式加入「左聯」⑩。一九三三年春在日本被警視廳監禁數月，然後遣送回國，此時他在日本的共產黨組織關係並未轉來，所以還不算是中共黨員。胡風到上海，經馮雪峯的介紹加盟魯迅系⑪，受提攜擔任「左聯」常委。

一九三五年底起，胡風爲了阿Q的典型問題，與周揚筆戰半年。周揚此時爲配合中共政治上的需要，提出「國防文學」的口號。魯迅與周揚原本不睦，便於一九三六年五月請胡風撰寫〈人民大衆向文學要求什麼〉一文，提出「民族革命戰爭的大衆文學」口號，和周揚針鋒相對，引起「左聯」解散後兩個口號之爭。同年八月，魯迅發表了〈答徐懋庸並關於抗日統一戰線問題〉萬言書，做爲對周揚系的總答覆。魯迅認爲胡風耿直，易於招怨，是可接近的；對周揚之類「輕易誣人的青年，反而懷疑以至憎惡起來了」⑫。魯迅的評語使得胡風成名，吳奚如擬吸收他加入中共，胡風雖表示願意，但態度猶豫，遂作罷。同年十月魯迅逝世，胡風參加治喪委員會，負責起

⑩《魯迅書信選》，上海人民出版社，一九七三年九月出版，頁二〇四註釋①。

⑪〈關於胡風反革命集團的第三批材料〉，《人民日報》，一九五五年六月十日。

⑫魯迅：〈答徐懋庸並關於抗日統一戰線問題〉，原見《且介亭雜文末篇》，收入《魯迅全集》第六卷，北京人民文學出版社，一九八一年第一版，頁五三五。

草計文，撰寫時全身顫抖，完全沉湎在熱淚裏。

一九三七年十月，胡風抵達武漢，對當時的左翼文壇深感不滿，聲言要做「新的第三種人」。他創辦《七月雜誌》，批評教條和公式的作品，引起中共恐慌，派馮乃超勸他接受領導，被拒，中共於是攻擊這份刊物「過於暴露黑暗」。一九三九年他在重慶反對郭沫若提倡的文化普及運動，指爲愚民政策。次年發表〈論民族形式問題〉，批評陳伯達、艾思奇、周揚、何其芳等不懂現實主義，其實他也不同意毛澤東關於「民族形式」的看法。抗戰後期他又發表〈現實主義在今天〉，以不指名的方式，攻擊毛澤東在延安文藝座談會上的講話。一九四五年勝利後，他回到上海，仍批評主觀唯物論，又與在香港的林默涵、邵荃麟等筆戰。一九四八年冬，他在中共「逼與請的雙攻」下來到香港，次年一月搭船進入東北解放區，展開悲慘的後半生。

一九四九年十月，中共政權成立，次月起何其芳、蕭三、周揚、林默涵就先後攻擊胡風。一九五二年底，林默涵和何其芳正式宣布其罪狀，包括拒絕中共和毛澤東思想的領導等。胡風此時不甘示弱，乃利用文藝幹部因「紅樓夢研究」事件被毛澤東指責的機會，向中共中央告御狀。他於一九五四年三月動筆，七月呈上兩次合計二、三十萬字的意見書，除爲自己和同伴伸寃外，還希望中共重新檢討文藝政策，撤換文藝官僚。胡風痛切指出，讀者和作家頭上被放下了五把刀子：一、共產主義世界觀，二、工農兵的生活，三、思想改造，四、只有過去的形式才算民族形式，五、題材能決定作品的價格。他的批評矛頭表面指向林默涵等，實際卽指毛澤東，致觸後者的大怒。例如第三把刀子是思想改造問題，胡風認爲作家不必接受改造，此種觀點自與〈延安文藝講話〉背道而馳，其他各項亦然。

一九五五年一月，毛澤東決定親自出馬，公開胡風的意見書，並且展開批判。不久，胡風系所有人物都遭同時抄家，檔案資料也被調到北平，毛澤東據此親撰按語，於五月十三日、二十四日和六月十日，分三次在《人民日報》公布「關於胡風反革命集團的材料」，指胡風的基本隊伍，「或是帝國主義國民黨的特務，或是托洛茨基分子，或是反動軍官，或是共產黨的叛徒，由這些人做骨幹組成了一個暗藏在革命陣營裏的反革命派別，一個地下的獨立王國」⑬。毛澤東這段御批，使胡風的苦難日益逼近，同年七月十六日他終於被捕。總結中共在文革前發動的歷次文藝整風，以胡風事件株連最廣，影響最大。一九五七年七月十八日的《人民日報》社論透露，胡風被捕後中共展開的肅反運動裏，共淸查出八萬一千多名「反革命分子」，有一百三十多萬人交代了各種政治問題。大陸知識分子從此更懷疑中共，廣大民衆也驚見其殘暴，中共巨大的羅網，撒向文壇都是怨！

一九七九年一月十六日，胡風終於獲釋，此距其被捕已近二十四年。一九八〇年三月底，他

---

⑬ 毛澤東：〈「關於胡風反革命集團的材料」的序言和按語〉，收入《毛澤東選集》第五卷，人民出版社，一九七七年四月北京第一次印刷，頁一六三。

到北京就醫，正值「左聯」五十週年紀念的高潮，人們見到胡風，不免議論三十年代的功過是非，他聞後由於耽憂，六月間精神病復發，出現了幻聽，有時深夜起來穿衣，說是要去受審。十月間，海外來人在醫院和他見面，此時的胡風已是一名兩眼無神、口齒不清、涎水直流、衰頹不堪的精神病兼腦動脈硬化症患者。當訪問尚未結束，胡風的「心因病」突發，眼神驟變，表情冷峻，用嘶啞的聲音趕走訪客⑭，帶給衆人無窮的傷感，也爲其悲劇寫下漸終的篇章。

一九八五年六月八日，胡風與世長辭。死訊稍後登在《人民日報》體育版一角，短短兩行字的處理方式，說明中共有意淡化他的事蹟。他在垂暮之年，也頗以自己一生的道路爲苦，當兒子問及，妹妹的孩子要考大學，是報理工或文科？胡風連呼：「不報文科！不報文科⑮！」此語實滲血淚，且不止一人的血淚，訴說著作家生命力的浪費，也透見了民族文化力的摧殘。

胡風雖屬左翼作家，但在本質上不能忘懷廚川白村的創作觀：「忘卻名利，除去奴隸根性，從一切羈絆束縛下解放出來。」除了此種自由主義思想外，胡風的「精神奴役創傷論」，是傳統民族文化的否定者，但就他的「主觀戰鬥精神論」而言，則含有中國儒家的仁、誠之道。凡此觀點，自與扼殺自我、強調鬪爭的黨性文學大相逕庭。白樺因「苦戀」而被迫自我檢討時，也宣稱

⑭ 崔悠生：〈胡風訪問記〉，香港《中報月刊》十三期，一九八一年二月，頁七三。
⑮ 李大江：〈寫在胡風逝世之後〉，香港《明報》，一九八五年七月七日。

今後要加強黨性鍛鍊。由此可知，胡風的悲劇因魯迅式的不羈思想而產生，並在追求過眞理的大陸作家身上重演。

魯迅的弟子因耿直而招怨者，以胡風爲最著，其次當爲蕭軍。九一八事變後，蕭軍以三郞爲筆名開始投稿。一九三三年秋，他與蕭紅出版合集《跋涉》。次年夏天，二蕭從哈爾濱抵達青島後，與魯迅通信連絡，不久逃往上海，而於一九三四年十一月三十日與魯迅初次見面，從此就在後者的指導下寫作，並參與《海燕》和《作家》月刊的編務。

一九三五年六月，蕭軍出版《八月的鄉村》，魯迅特爲這本述說東北被佔的小說作序，認爲該書雖然近似短篇的連續，結構和描寫人物的手段也不如法捷耶夫的〈毀滅〉，但是態度嚴肅緊張，作者的心血和失去的天空、土地、受難的人民，以至失去的茂草、高粱、蟈蟈、蚊子，攪成一團，鮮紅地在讀者眼前展開，顯示著中國的一份和全部，現在和未來，死路與活路，「凡有人心的讀者，是看得完的，而且有所得的」⑯。魯迅的評價使得蕭軍成名，一如胡風。在生活上，魯迅也對二蕭照顧有加，一九三六年的前半年，他們幾乎天天到魯迅家，並經常陪同外出。魯迅多次反對蕭軍加入「左聯」，已如前述。

---

⑯ 魯迅：〈田軍作《八月的鄉村》序〉，原見《且介亭雜文二集》，收入《魯迅全集》第六卷，北京人民文學出版社，一九八一年第一版，頁二八七。

魯迅逝世後，蕭軍積極投入治喪工作，並擔任送葬隊伍的總指揮，在墓地上代表衆人致悼詞，後又編就《魯迅先生紀念集》，由上海文化生活出版社發行。抗戰軍興，他與胡風共同編輯《七月雜誌》。一九三八年一月，他初抵延安，一九四〇年夏到一九四五年冬，在延安度過漫長的五年。

毛澤東正式對文藝工作者的磨刀霍霍，始於延安時期。老布爾什維克的王實味，因發表〈野百合花〉雜文，暴露了「革命聖地」的醜惡和冷淡，終被槍決。稍早丁玲發表〈三八節感言〉，對解放區婦女受共產黨壓迫的情況略加報導，後來被迫認錯。蕭軍也發表〈論同志之「愛」與「耐」〉，指出自己接觸得越多，越感覺同志愛的稀薄，雖然他明白這原因，卻阻止不了心情上的悲愴，更說出一句「同志的子彈打進同志的胸膛[17]！」他還寫了一篇〈對於當前文藝諸問題的我見〉，爲王實味呼寃，主張多下說服工夫，少用打擊力量。此時毛澤東的文藝打手周揚，由於與魯迅的過節而「恨屋及烏」，屢思向蕭軍下手，但因中共圖誘知識分子來歸，整肅王實味意在殺一儆百，對蕭軍也就只好網開一面了。

抗戰勝利後，蕭軍隨同共軍返抵東北，在中共的支持下創辦了《文化報》。未久，他就懷疑

---

[17] 蕭軍：〈論同志之「愛」與「耐」〉，收入《中共怎樣對待知識分子》原始資料彙編之一（上），臺北黎明文化公司，民國七十二年六月初版，頁三〇五頁。

中共的各項政策。一九四八年元旦，他以外稿的名義刊登獻詞，指出所謂民主、革命與共產，乃背天逆人，顚倒倫常之舉，加上分人之地，起人之財，挖人之根，甚至淨身出戶，「此直亘古所未有之強盜行爲，眞李自成、張獻忠之不若也。滿清雖異族，日本雖異類，尙不爲此，胡共產黨竟如此不仁其甚也哉⓲？」此文道出中共當時在東北推行土地改革的眞貌，一九五〇年以後的全面土改，就要再加上奪數百萬人之命了。

蕭軍從小在東北長大，對帝國主義的暴行積憤已久。日本戰敗後退出東北，蘇聯的勢力乘虛而入，姦淫擄掠無所不爲，東北人民恨之入骨。《文化報》對蘇軍在東北任意拆遷工業設備和強暴中國婦女，提出強烈的抨擊，蕭軍更撰寫〈各色帝國主義〉一文，指出蘇聯和美國是一丘之貉，中國人倡導無原則的友好並不合理。此外，《文化報》還發表了強調「來而不往非禮也」的反蘇小說。結果，中共定下蕭軍的罪名：「對我們親愛的友邦、世界上第一個社會主義國家——蘇聯，肆意進行誣衊⓳。」中共對蘇聯的曲意維護，不自當時始，早在三十年代初期，瞿秋白就表明普羅文學應採的態度，是反對進攻蘇聯和擁護蘇聯。兩者相較，如出一轍。

對於中共發動的內戰，蕭軍認爲是萁豆之悲，主張與其他政黨忠誠合作，同時不應以階級鬪

⓲ 蕭軍原著、葛浩文提供、茶陵（周玉山）註釋：《蕭軍小傳》，中國時報，民國六十九年一月三十日。
⓳ 同⓲。

爭爲藉口，大事屠殺那些非無產階級。「這種槍殺無辜的行徑，與秦始皇的焚書坑儒暴行何異⑳?」蕭軍沒有料到，毛澤東後來以勝過秦始皇一百倍而自豪，一代暴君的嗜殺，翻新了古今中外的血腥史。

　對於當時中共推行的思想改造運動，蕭軍尤感憎惡，不時以「機械的統一」和「淸一色」等字眼，譴責中共強迫人民學習馬列主義和毛澤東思想。他說：「在這些丑角的統治下，只求機械的統一，結果，人民的積極性的人格，人民的積極性的創造精神，都被蔑視了，甚至被殺害了㉑。」依蕭軍的觀點，一種知識學問絕不能有階級之分，以高爾基爲例，所以能寫出許多巨著，並非全拜無產階級教育之所賜，帝俄時代貴族和中產階級的文化遺產，也曾爲其所吸收。總之，蕭軍一如胡風，認爲中共以整風運動迫使青年接受思想改造，是一種違反人性的行徑，愚昧而且無效。他預言在未來社會中，人們崇拜的對象是聰明才智，而非其他。偏偏毛澤東是一名反智論者，又堅信思想改造可以奏效，蕭軍就被視爲離經叛道了。

　蕭軍在遭受中共的圍剿後，一九四九年終被押到撫順煤礦區改造，《文化報》也被查封，中共中央東北局還做了「關於蕭軍問題的決定」：一、在黨內外展開對於蕭軍反動思想的批判。二、

---

⑳ 同⑱。

㉑ 同⑱。

加強對於文藝工作的領導，加強黨的文藝工作者的馬列主義修養，在文藝界提倡互相批評和自我批評。三、停止對蕭軍文學活動的物質方面的幫助。繼承魯迅敢言作風的蕭軍，至此難逃整肅。

一九五一年蕭軍來到北京，送《五月的礦山》初稿給周揚等人過目，歷經三年的反覆審查和修改，一九五四年底才獲出版。該書描述礦工們在一九四九年前後的表現，有不少篇幅強調「前苦後甜」。蕭軍後來透露：「這不是我要說的話，而是他們提供材料，要我這麼寫的㉒。」雖然如此，蕭軍還是挨批。第二年，這本小說被指為用革命的語句、華麗的詞藻和虛偽的熱情，掩蓋它對無產階級和共產黨「嚴重的歪曲和誣衊」。所以，蕭軍的思想依然「反動」。

《五月的礦山》主人翁魯東山是共產黨員兼勞動模範，蕭軍借工人之口當面罵他：「拉完了磨殺驢子！」證諸文化大革命，毛澤東的行徑多像這句話！一九六六年文革爆發後，蕭軍和妻子王德芬被抄家、毒打、關押、勞改、批鬥、示衆，大兒子蕭鳴的脊椎被打裂，昏死時送到火葬場，幾乎火化；大女兒蕭歌被工廠開除，不得不露宿街頭；二女兒蕭耘原是小學教師，不許上班，不發工資，不准結婚；小女兒蕭黛被鬬至死，年僅十七。蕭家悲劇的根源，是有一個「老牌反動作家」的父親㉓。魯迅地下有知，能對其兩大弟子——胡風與蕭軍的艱難無動於衷？

㉒ 同⑱。

㉓ 同⑰，頁三〇三。

魯迅另一高足爲馮雪峯，三十年代前夕，他從內部慫恿其師轉向左翼陣營。「左聯」成立以後，又介紹胡風加盟魯迅系，儼然爲魯迅的代理人。一九五七年中共發動反右鬪爭，他被指爲「丁玲、陳企霞反黨集團」的重要人物，罪名包括資產階級個人主義的世界觀，以及修正主義的文藝思想等，結果被剝奪職業和黨籍，並下放勞動改造。文革期間，他更被送到湖北咸寧「五七幹校」挑糞，而於一九七六年一月三十一日死去㉔。魯迅得意弟子，至此又弱一個，獨留「革命旗手」的幽靈，在中國大陸上空俯視着這些悲劇。

四、魯迅之孫的出走

一九八二年九月十八日，魯迅之孫周令飛從日本抵臺完婚並定居，使得一週後魯迅一百零一歲誕辰紀念的氣氛，在大陸上降到最低谷。魯迅曾經鞭策自己，要背着因襲的重擔，肩住黑暗的閘門，放孩子們到寬闊光明的地方，從此幸福度日，合理做人。令飛原是魯迅的筆名之一，周海嬰爲其子取此名，自有懷念與效法魯迅之意，結果周令飛果眞「當令卽飛」，來到一個比較光明

㉔ 「三十年代高級知識分子遭受中共迫害調查表」，收入《中共怎樣對待知識分子》原始資料彙編之一（下）附錄，臺北黎明文化公司，民國七十二年六月初版，頁三〇三。

的地方。裴多菲有一首名詩，世人耳熟能詳，原由魯迅譯成中文，後以五言絕句的形式出現：「生命誠可貴，愛情價更高，若爲自由故，兩者皆可拋。」現在周令飛的生命、愛情與自由三者幸皆無恙，當可告慰於乃祖。

周令飛抵臺的次日，報界提到魯迅的名句：「橫眉冷對千夫指，俯首甘爲孺子牛。」這首寫於一九三二年十月十二日的〈自嘲〉，全詩如下：「運交華蓋欲何求，未敢翻身已碰頭。破帽遮顏過鬧市，漏船載酒泛中流。橫眉冷對千夫指，俯首甘爲孺子牛。躲進小樓成一統，管他冬夏與春秋。」早在清朝洪亮吉的《北江詩話》中，就錄有「酒酣或化莊生蝶，飯飽甘爲孺子牛」之句，魯迅在當天的日記中也指出：「午後爲柳亞子書一條幅，云：『運交華蓋欲何求，……達夫賞飯，閒人打油，偷得半聯，湊成一律以請』云云㉕。」此處所謂偷得半聯，即指「甘爲孺子牛」。毛澤東也曾推崇過這兩句詩，但他陽奉魯迅，陰除帶有魯迅筆法的作家，到了文革時期，不但盡辱三十年代的文藝工作者，且對紅衛兵先利用，後出賣，直欲盡屠孺子方後快。毛澤東是魯迅此句的最大違背者，大陸逃港青年所寫《反修樓》一書中，解放軍機槍掃射紅衛兵的一幕，確爲血淚史實的記錄。

不少人在讀此句時，深爲魯迅「救救孩子」式的情懷所感。他一生提攜後進不遺餘力，就像

㉕ 收入《魯迅全集》十五卷：「日記」，北京人民文學出版社，一九八一年第一版，頁三五。

寶愛其子一樣，在道德上似乎無可詬病，甚至近乎完美。他在一九二八年公開表示，其所揭發的黑暗只有一面，而不觸及窮人和青年。令人感慨的是，魯迅晚年身受「共產青年」的迫害，至死方休。他在病中反擊周揚、徐懋庸等人時指出，「左聯」成立前後，有些所謂革命作家，其實是破落戶的漂零子弟，他們也有不幸、反抗與戰鬥，但往往不過將敗落家族婦姑勃谿、叔嫂鬪法的手段移到文壇來。魯迅對此痛惡不已，直言周揚之流「倚勢定人罪名」㉖。這裏所說的「勢」，指的正是中共。「一個怨敵都不寬恕」的魯迅，原先並未將筆尖的血，灑到那些破落戶的漂零子弟身上，結果對他們獨有的寬容，換來自已晚年的怨悔，以及悔之已晚的催命。稍早他以〈自嘲〉名此詩，果有先見之明？

周令飛到達臺北後，宣布「不爲中國共產黨做事」，此言甚善。回觀魯迅一生，雖非中共黨員，但在晚年加盟「左聯」，爲共產黨効命，除了留下吶喊與徬徨外，就只是「敢有歌吟動地哀」了。周令飛能免於重蹈乃祖的覆轍，過一種獨立自由的生活，最感欣然者，當爲地下魯迅。「路漫漫其修遠兮，吾將上下而求索」，魯迅當年如三閭大夫般探尋着，那是一個行路難的時代，走在前面的人往往就是犧牲者，困頓勞累如蹇驢。魯迅已矣，周令飛的路則已透見迴異於前的坦蕩。魯迅俯首，令飛昂頭，周氏家族史的發展，頓然變得寬廣了。

㉖ 同⑫，頁五三七。

五、結　論

中共向以文藝爲鬬爭的工具，魯迅在世時的三十年代如此，魯迅死後，中共有了安身立命的據點延安，毛澤東爲求生存與發展，更強調它是消滅敵人的武器。一九四二年五月，他在延安文藝座談會上表示，要解決文藝工作者的立場、態度、對象、工作學習等問題，包括應站在黨性和無產階級的立場，暴露和打擊敵人，並以工農兵幹部爲工作對象，當務之急則是了解並熟悉工農兵，同時要學習馬列主義等。至此，中共確定了文藝爲工農兵服役的方針，將它進一步政治化與教條化。毛澤東明白訓令，「還是雜文時代，還要魯迅筆法」的觀念，不適用於中共統治區㉗。因此他雖設立魯迅藝術學院，卻派魯迅的死敵周揚爲院長，在表面崇魯的背後，極力扼殺其弟子延續下來的抗議精神。

胡風的慘局固然肇因於自由思想，與周揚的宿怨亦有以致之，而周揚過去所以得勢，蓋與投毛澤東之所好有關。胡風由於長期在國民黨區工作，繼承了魯迅的反抗性格，並結合了共產黨地

㉗　毛澤東：〈在延安文藝座談會上的講話〉，收入《毛澤東選集》第三卷，人民出版社，一九六六年九月第二十二次印刷，頁八七三。

下鬬爭的破壞性質，主張暴露現實的黑暗，希望有表達的自由。周揚等則站在統治的立場，主張歌頌現實的光明，要求作家完全追隨中共的政策。所以昔日在爭奪政權反對國民黨的文藝運動中，胡風是共產黨的功臣；後來在鞏固政權強化統治的文藝路線上，他是共產黨的逆子㉘。胡風如此，蕭軍亦然。

魯迅若能長壽，又將如何？假使投奔延安，親聞毛澤東宣布，雜文時代已過，魯迅筆法休矣，他是否就範？假使活到一九四九年以後，目睹胡風的苦難，他做何反應？大陸知識分子在鳴放運動的「陽謀」下被整肅時，感慨吐出兩句詩：「魯迅今日若不死，天安門前等殺頭！」他能否無感？毛澤東曾經稱讚他沒有絲毫的奴顏和媚骨，在那個「萬歲不離口，語錄不離手」的時段，周揚都不能倖免，老舍更受辱至死，他何以自處？胡耀邦在一九八一年說他逝世過早，未能眼見共產黨掀起的變化，是一件非常遺憾的事，他怎樣答覆？

人死不能復生，歷史業已鑄成。魯迅何其不幸，未能年登耄耋；又何其幸運，不必親口答覆這一連串問題。他的弟子和孫輩，付出了生命、血淚和行動，塡滿了這五十年來的歲月。當一切恩怨散盡，刼後思痛，瞻望未來，中國人應該正視魯迅似遠猶近的呼聲，救救億萬個孩子們！

㉘金達凱：《左翼文學的衰亡》，臺北黎明文化公司，民國六十二年三月出版，頁四一。

三十年代的文學保衛戰

一、前　言

三十年代及其前夕，由於受到舉世左傾潮流的影響，普羅文學在中國甚囂塵上，左翼作家們黨同之際，也勤於對外的論戰，殺伐之聲因而不絕。依時間先後，其對手主要有四，一爲人性論的梁實秋先生，二爲民族主義文藝論的王平陵、黃震遐先生，三爲自由人胡秋原先生與「第三種人」蘇汶（戴杜衡）先生，四爲小品文的林語堂先生。

現根據史實，說明「左聯」對手們從事文學保衛戰時的主要立論，並以持平的態度檢討其觀點。

二、人性與階級性之戰

梁實秋先生於二十代中期受教於白璧德，影響其往後的文學觀，認為文學不能不要標準，其目的是藉宇宙自然人生的種種現象，表現出普遍固定的人性來。人性既然是測量文學的唯一標準，所以就文學立論，「革命的文學」一詞實無意義。眞正的文學家永遠不失去獨立性，也不含固定的階級觀，更沒有為某一階級利益的成見，因此他直言文學是沒有階級性的❶。

必須提及的是，梁先生在當時還表示，提倡「革命的文學」者並非由文學方面來觀察，反對者似乎又只知譏諷。其時魯迅與「創造社」筆戰方酣，梁文的出現使他們同感受傷，於是便以此為下臺階，異中求同，聯為戰線。

魯迅對梁先生的攻擊始於《新月》出刊之前，而被視為使雙方眞正撕破臉的，則是後者〈論魯迅先生的硬譯〉與〈文學是有階級性的嗎〉二文。魯迅硬譯的兩本書，是盧那查爾斯基的《藝術論》和《文藝與批評》，此外他又譯了俄共中央議決的「文藝政策」一類的教條文字。梁先生

❶ 梁實秋：〈文學與革命〉，原載《新月》第一卷第四期，一九八二年六月，收入氏著《偏見集》，臺北大林書店，一九六九年七月，頁一——一一。

指出，「文藝」而可以有「政策」，本身就是名辭上的矛盾。俄共頒布的文藝政策，只是兩種卑下心理的顯現：一是暴虐，以政治手段剝削作者的思想自由；一是愚蠢，以政治手段強求文藝的清一色。一種文藝的產生並非由若干理論家搖旗吶喊便可成功，必定要以有力的文學作品來證明其本身價值。當時普羅文學的聲浪高漲，艱澀難懂的理論也出了不少，於是梁先生要求給幾部有關的文學作品讀讀。「我們不要看廣告，我們要看貨色」❷。偏偏左翼陣營內生硬的理論過剩，值得閱讀的作品卻很欠缺，因此刀筆如魯迅者，也無法圓說這個問題。

梁先生在比較資本家和勞動者時表示，他們是有不同的地方，例如遺傳、教育和經濟環境，因此生活狀況也不同。但他們的人性並無二致，都感到生老病死的無常，都有愛的要求、憐憫與恐懼的情緒、倫常的觀念，也都企求身心的愉快，文學就是表現這些最基本人性的藝術。因此，無產階級的生活苦痛固然值得描寫，但如其深刻，必定不屬於一階級；人生有許多現象面都是超階級的，例如戀愛本身的表現，歌詠山川花草之美，都沒有階級之分。「文學家就是一個比別人感情豐富感覺敏銳想像發達藝術完美的人」，估量文學的性質與價值，必須就作品本身立論，不能連累到作者的階級和身分，也不能以讀者數目的多寡而定；同時，知音是不拘於那一階級的，因爲文學屬於全人類。所以他希望了解文學的人與時俱增，但不主張降低文學的質地以俯就多

❷ 梁實秋：〈文學是有階級性的嗎〉，收入氏著《偏見集》，頁二〇。

數。此外，他不反對任何人利用文學來達到其他目的，這無害於文學本身，但宣傳式的文字並非文學。

梁先生這種嚴肅和純正的文學觀，自與服膺「文學是鬬爭武器」的左翼戰將們大相扞格，後者於是舉「階級性」以攻，強調在有階級的社會裏，文學斷不能免去所屬的階級性。魯迅也承認「喜怒哀樂，人之情也」，但他舉例表示，窮人絕無開交易所折本的懊惱，煤油大王也不會知道撿煤渣老婆子的辛酸❸。由此可知，梁先生旨在闡揚人性的共通處，魯迅則強調生活的相異點，尤其著眼於職業所造成的差距，以及社會的不平。

半個多世紀後的今天，我們客觀地檢討這場要如上述的論戰，發現人性論儘管失之籠統，但階級的文學觀更是掛一漏萬。強調階級性的錯誤何在？在於衡量作家或作品的標準應有諸多因素，從個人的品味能力到民族性、歷史文化的傳統等也都很重要，非階級性所能涵蓋。例如，兩名不同國籍的無產階級都在看一幅「魚」的畫，中國籍或許會想到其中「年年有餘」的涵意，而西洋籍就極難具備這一層觀念。這是受民族文化傳統認知的影響，不是階級性可以解釋的。

尤有甚者，梁實秋先生後來因此被毛澤東點名批判，毛在延安文藝座談會上指出，在階級社

---

❸ 魯迅：〈「硬譯」與「文學的階級性」〉，原載《萌芽月刊》一九三〇年三月，收入氏著《二心集》，人民文學出版社，一九七三年五月北京第一版，頁一五。

會裏，只有帶著階級性的人性，而沒有超階級的人性，又說要在全世界消滅了階級之後，才會有人類之愛，「但是現在還沒有」❹。此爲抄襲馬克思的人性論，與中國的文化傳統頗有出入。列寧曾經在〈黨的組織和黨的文學〉中高呼：「打倒非黨的文學家！打倒超人的文學家！」毛澤東師其故技，直指爲藝術的藝術、超階級的藝術、與政治並行或互相獨立的藝術，「實際上是不存在的」。他爲了要向這些「不存在」的敵人宣戰，數十年來展開多次整風和運動，連千萬人頭落地都不惜，萬馬齊瘖、百花凋零又豈爲其所掛意？

在共產黨的眼光中，現在全世界還沒有消滅階級，因此還沒有人類之愛，但一九八一年魯迅百年誕辰時，中共卻強調魯迅不但是「無產階級的好戰士」，而且「屬於全世界、全人類」，這不是有些矛盾嗎？不是向超階級的人性論認同嗎？

三、民族主義與擁護蘇聯之戰

爲表不滿左翼作家的聚衆囂嚷，王平陵、黃震遐諸先生於一九三〇年六月發表了〈中國民族

❹毛澤東：〈在延安文藝座談會上的講話〉，一九四二年五月，收入《毛澤東選集》第三卷，人民出版社，一九六四年九月北京第十一次印刷，頁八七二。

主義文藝運動宣言〉⑤，與普羅文學對壘。他們首先指出，當時國內文藝界深陷於畸形病態的發展中，混雜的局面呈現了危機，因爲從事新文學運動者缺乏中心意識，努力改革形式而忽略了充實內容，致使一切殘餘的封建思想仍具支配力，同時，自命左翼者又企圖將藝術葬送給血腥的鬪爭，而在這兩種極端的思想中，還有許多零碎的殘局造成殊多的紛擾。

民族主義文藝論者認爲，藝術在最初的歷史紀錄上卽已顯示，作品不僅是藝術家才能、風格和形式的表現，也正是此種藝術所屬民族的產物。自古以來的藝術，都可看出民族的基礎，例如埃及的金字塔和人面獸，希臘的建築物和雕刻，在在展露了各該民族的精神和宗教信仰。中古的封建制度逐漸傾頹，民族的意識愈見勃長，文藝復興所以能爲近代藝術開一端倪，卽因它從哥德藝術的羈絆中創造了民族藝術。文學亦然，可從希臘史詩到中國《詩經．國風》上獲證。文藝復興所以也替近代文學開端，是因爲但丁和喬叟等人各自努力，將所屬民族的語文做爲文學表現的手段；在英國，由於喬叟的獻力，造成伊麗莎白王朝及其後燦爛的文學時代。據此可以明瞭文藝的起源——也就是它的最高使命，在發揮所屬民族的精神和意識。

然而民族主義文藝的內容何在？他們指出，民族的形成決定於文化、歷史、體質和心理的共同點。而文藝是屬於某一民族，並由某一民族產生的，目的不僅在表現所屬民族的生活情趣、民

⑤ 收入《民族文藝論文集》，帕米爾書店，一九七六年九月臺灣影印版，頁一三一—一四一。

間思想及宗教，同時在排除所有阻礙其發展的思潮，以促進其向上發展的意志，表現其增長己身光輝的一切奮鬥史。因此民族主義的文藝，不僅在展示已經形成的民族意識，同時在創造此民族的新生命。

我們尚可得知，三十年代的民族主義，強調負有兩種使命：一是民族生活的誠實反應，二是民族生命的向前推進。前者是消極地將民族全體的物質狀態和精神強弱，不論美醜善惡和盤托出，使民衆認清了自己，民族看清了時代，進而把己身的時代意識和民衆的潛伏要求，借筆端表達出來，使反抗的情緒獲得疏通，痛苦的靈魂獲得安慰。後者更是文藝的積極使命，目的要在紊亂中找出一些因果的線索，把大衆引入正軌，從時代意識中創造新穎的風格，並促進各種改革，使民族的生命向前推進，綿延不已。

「左聯」中人如魯迅和瞿秋白等，立刻就對民族主義文藝者展開批評。魯迅攻擊上述宣言是「一小羣雜碎胡亂湊成的雜碎，不足爲據的」❻。話雖如此，他卻列舉了不少當時民族主義文藝者的代表作，其中不乏鼓吹抗日救國的詩篇，然後一一定罪，罪名之一卻是「反蘇」。瞿秋白在〈上海戰爭和戰爭文學〉中，除了諷刺民族詩人外，也表明普羅文學應當採取的態度，就是「反對進攻蘇聯」、「擁護蘇聯」等。這是在傳達二次大戰前共產國際的訓令，所以我們正可借用魯

❻ 魯迅〈民族主義文學的任務和運命〉，收入氏著《二心集》，同註❸，頁一〇二。

迅的一句話來形容：「永含著戀主的哀愁。」它去眞正的文藝論戰更遠了。

現代中國文學的任務，最主要者應該是爲民族的喜怒哀樂而呼號。三十年代的民族主義文藝者，論戰後是這樣沉靜，而被視爲力有不敵，但是誰屬勝利者？他們的對手——左翼作家們，固然引起硝煙瀰漫，然而天下那有永不散滅的火花？世人清楚看到的卻是這樣一齣起沒：從普羅文學到毛澤東崇拜。彼等個人的前途、文學的前途，以至民族的前途，都被導向深淵，這是中國悲劇的一面。

四、自由人與黨派文學之戰

胡秋原先生開始談文學是在三十年代前夕。一九二八年初，他由武昌大學轉到上海復旦大學就讀，其時「創造社」鼓吹的革命文學流行於滬上，胡先生不能苟同，於是發表了〈論革命文學問題〉示異，指出革命文學不能抹殺其他文藝，「凡藝術皆是宣傳」的前提頗難成立，且不應破壞它在美學上的價值；藝術不是階級的武器，因爲它根本有別於政治和法律，而在反映時代環境種種物質與精神的錯綜關係，並非簡單地受經濟的支配❼。此文發表後，始終未見「創造社」

❼ 胡秋原：《少作收殘集》上卷，臺北自由世界出版社，一九五九年十二月初版，頁一三。

方面的答覆。

一九二九年胡先生東渡日本，後入早稻田大學。在日期間，他曾譯平林初之輔的〈政治的價值與藝術的價值〉，刊於《小說月報》，間接批評了普羅文學。一九三一年夏，胡先生返國省親，不久九一八事變作，他便留在上海從事著譯，並創辦《文化評論周刊》，在政治上主張抗日，在思想上主張自由。後者與「左聯」衝突，爆發了中國現代文學史上著名的文藝自由論戰。

一九三一年十二月間，胡先生在該刊發表了〈阿狗文藝論〉，明白指出藝術只有一個目的，就是生活的表現、認識與批評；偉大的藝術盡了表現批評之能事，那就爲了藝術，同時也爲了人生。這種體認，也等於解答了過去「文學研究會」和「創造社」的爭論。胡先生同時表示，藝術雖非「至上」，然亦絕非「至下」之物，將它墮落爲政治的留聲機，實在是背叛藝術之舉。文藝至死也是自由民主的，其進展全靠各種意識的互相競爭，才有萬花撩亂之趣。「中國與歐洲文化，發達於自由表現的先秦與希臘時代，而僵化於中心意識形成之時。用一種中心意識獨裁文壇，結果只有奴才奉命執筆而已」❽。

此文發表後，「左聯」中人覺得在影射他們❾，於是在其機關刊物《文藝新聞》等處，攻擊

❽ 胡秋原：《文學藝術論集》上册，臺北學術出版社，一九七九年十一月初版，頁一三八。

❾ 李何林：《近二十年中國文藝思潮論》，香港中文大學近代史料出版組，一九七二年十月影印版，頁三〇五。

胡先生是「爲虎作倀」，並強調藝術的階級性。因感於彼等氣燄的強橫，胡先生乃寫〈勿侵略文藝〉、〈文化運動問題〉、〈是誰爲虎作倀〉三文，表明他的文藝自由觀。第一篇文章表示，估量一種文藝可由各個角度觀之，不應只准某種藝術而排斥其他藝術，這樣才是一個自由人的態度。能以最適當的形式，表現最生動的題材，深入事象認識現實把握時代核心者，就是優秀的作家，而這不一定在於堂皇的名義。文藝或可與政治意識結合，但那種政治主張必須是高尚的，合乎絕大多數民衆的需要，且不可主觀過剩地破壞了藝術的形式。第二篇文章指出，五四運動的歷史意義是不可磨滅的，雖然它淺薄又流產。所謂「繼續」五四的遺業，是指「超越」，而非「復活」與「抄襲」。由此我們可知，胡先生提倡「超越前進論」已五十年。第三篇文章表示，文藝功能主要在認識生活，不能「建設」生活；它是一面鏡子，而非一把錘子。「文藝是自由的」乃指創作之自由，「文藝是民主的」乃指應讓各種流派自由表現和競爭，此非否定階級性及其他種種文藝的色彩。

「左聯」由瞿秋白出馬加以答辯，指稱自由人的立場，正是五四「資產階級自由主義的遺毒」，還引列寧語以證其說，對胡先生否認文藝的黨派性予以攻擊，又說他是「地主資產階級的諸葛亮」。胡先生以「左聯」對他喋喋不休，決定重擊一次，於是在一九三二年五月間，於《讀書雜誌》上撰文批判「左聯」的指導理論家錢杏邨，指其充滿觀念論、主觀主義、右傾機會主義與左傾小兒病的空談；而這些痼疾，也傳染於二三左翼作家的創作上。同年七月，戴杜衡先生以

「蘇汶」之名，在《現代雜誌》上爲胡先生聲援⑩，指其爲一位絕對的非功利論者，而左翼理論家們爲了無產階級解放運動，自可放棄文藝和眞理。戴先生還表示，在「智識階級的自由人」與「不自由的、有黨派的階級」爭霸文壇時，最苦的卻是第三種人，卽眷戀著藝術價值的作者羣。

就共產黨來說，策劃成立「左聯」的初衷，就是要包攬文壇的發言權，並欽定文藝思潮於一尊，自不能忍受有人反抗。「自由人」與「第三種人」的口號，的確動搖了它的聲勢，「左聯」於是由瞿秋白領導，展開了圍攻異己者之戰。瞿秋白以「易嘉」的筆名，在《現代》上發表〈文藝的自由和文學家的不自由〉，說胡先生是反對階級文學的，又警告戴先生：「在這天羅地網的階級社會裏，你逃不到什麼地方去，也就做不成什麼『第三種人』。」周揚也撰文強調，一定要站在無產階級的立場，百分之百地發揮階級性和黨派性。

一九三二年十二月，胡先生寫了長文〈浪費的論爭〉，對易嘉、周揚等併予答覆，該文的重點可歸納如下：文藝與政治之間根本有一定的距離，文學的最終目的，是在消滅階級隔閡，亦卽是超階級的。文學創作必出於自由心靈，沒有自由便沒有文學，無產階級政黨的命令，並不能造成無產階級的文學，當日「左聯」最出色的文學家，包括魯迅的作品在內，也不見得就是無產階級

⑩ 戴杜衡：〈一個被迫害的紀錄〉，引自胡秋原：《在唐三藏與浮士德之間》，一九六二年十一月出版，頁一〇。

級文學。文藝所以可貴，在能預見而深入，能看到較遠境界，因此不言革命而自然革命；以人道而生靈感，因此不言階級而自然為不幸者鳴不平。但若按預定的公式寫作，便成為「吶喊的唯物論」和「龜手的美學」。所以每一位偉大的作家都屬於全人類，不只屬於一階級或一黨派。胡先生這篇文章，實際上是對整個左翼運動的否定，而共產黨後來對魯迅的推崇，也無異吻合了胡先生的論點。

這一論戰的結果，是「左聯」自動退兵，由陳雪帆（望道）出來調停，而由馮雪峰以「何丹仁」的名義，代表「左聯」發表了〈關於「第三種文學」的傾向與理論〉，承認左翼批評家所犯的錯誤有二，在理論方面是機械論，在政策方面是左傾宗派主義。「左聯」的認錯固然是一種統戰，企圖拉攏胡先生等，但主要是理論的不敵所致。「左聯」的對外論戰不止一端，我們可以說，由於胡先生知彼最深，故能攻其必救而無法救的弱點，而奏中國自有新文學運動以來，對抗左翼理論的第一支凱歌。胡先生後來有詩為誌：「當年睥睨揮羣敵，常勝旌旗是自由。」共產黨及「左聯」只是如屠格涅夫所說的「豪奴吆喝」，而他則是「自由人揮劍作戰」。

文藝自由論影響的深遠，可由此後共產黨內部不斷發生思想革命的事例看出。開始時周揚不服輸，但只能訴諸王婆戰術⑪，為魯迅、瞿秋白所斥，造成了周揚與魯迅衝突的遠因。抗戰前

⑪周揚除在「左聯」的機關雜誌《文學月報》第四期上化名對胡先生攻擊外，還創辦雜誌發行《批判胡秋原專號》，說要劈人腦袋像剖西瓜一樣。不久「左聯」派人訪晤胡先生，說周揚此舉非組織之意，又說

夕，茅盾就重提「文藝自由」的口號，聲援魯迅以抗周揚。四十年代延安發生王實味事件，周揚說王實味受了胡先生文藝自由論的影響⑫。以後中共的歷次文藝整風，說明了左翼作家之自身，遲早都達到胡先生一九三二年的觀點。周揚在一九八〇年紀念「左聯」成立五十周年的大會上，也不得不承認，三十年代的左翼文藝運動，在理論和實踐上都沒有處理好文藝與政治的關係問題，「對這個問題也還常常解決得不恰當，不正確，還有簡單化、庸俗化的毛病」⑬。文藝自由論的克敵致勝，已成爲中國現代文學史上的定案了。

中共當時中央負責人張聞天曾下令停止對胡先生的攻訐。次期《文學月報》果然刋出魯迅抗議周揚的信，題爲〈辱罵和恐嚇絕不是戰鬪〉，指出罵一句爹娘即揚長而去還自以爲勝利，簡直是阿Q式的戰法，又「剖西瓜」之類的恐嚇，「也是極不對的」，「將革命的工農用筆塗成一個嚇人的鬼臉」，被魯迅斥爲「鹵莽」。但周揚依然不服，指使手下署名首甲、方萌、郭冰若、丘東平四者，判定魯迅「帶上了極濃厚的右傾機會主義的色彩」。於是瞿秋白有〈鬼臉的辯護〉一文，提出對首甲等的批評，指出「自己願意戴上鬼臉的首甲等卻的確是『左』傾機會主義的觀點」，而魯迅的信「倒的確是提高文化革命鬪爭的任務的」。魯迅與瞿秋白自無愛於胡秋原先生，但周揚舉措只不利於「左聯」，故起身斥責。

⑫ 同⑧，〈前記〉頁八。

⑬ 周揚：〈繼承和發揚左翼文化運動的革命傳統——在紀念「左聯」成立五十周年大會上的講話〉，《人民日報》，一九八〇年四月二日。

五、「左聯」攻擊下的語堂小品

林語堂先生於一九三二年九月創辦《論語雜誌》，提倡幽默小品。他在創刊號的〈緣起〉中指出：「論語社同仁，鑒於世道日微，人心日危，發了悲天憫人之念，辦一刊物，聊抒愚見，以貢獻於社會國家。」可知其刊行的動機，初非全在消遣遁世，而是審度當時暴風雨前夕的世局，人心苦悶煩躁，他以滿腔言語欲吐，乃別具慧心，在幽默帽子之下透露出對國是的意見來⑭。例如前幾期贈張學良、張宗昌的對聯，每期的半月要聞等，主要就在揭露時弊。雖然如此，它的出發點和表現方式都與左翼迥異，信仰基礎更不相類，所以一紙風行以後，「左聯」覺得礙眼。《論語》經常批評時政，但就其全部內容來看，則屬無所不談。它是同仁雜誌性質，作家的觀點不盡一致，於是載有戒條十項，做為依循的大略標準：

一、不反革命。

二、不評論我們看不起的，但我們所愛護的，要儘量批評（如我們的祖國，現代武人，有希望的作家，以及非絕對無望的革命家）。

---

⑭ 海戈：〈天涯〉，原載《光雜誌》，引自劉心皇：《現代中國文學史話》，臺北正中書局，一九七一年八月初版，頁五八四。

三、不破口駡人（要謔而不虐，尊國賊爲父固不可，名之爲忘八旦也不必）。

四、不拿別人的錢，不說他人的話（不爲任一方做有津貼的宣傳，但可做義務宣傳，甚至反宣傳）。

五、不附庸風雅，更不附庸權貴（絕不捧舊劇明星、電影明星、交際明星、文藝明星、政治明星，及其他任何明星）。

六、不互相標榜，反對肉麻主義（避免一切如「學者」、「詩人」、「我的朋友胡適之」等口調）。

七、不做痰迷詩，不登香艷詞。

八、不主張公道，只談老實的私見。

九、不戒癖好（如吸煙、啜茗、看梅、讀書等）。

十、不說自己的文章不好。

這些戒條看似信手拈來，以詼諧之筆道出了特立獨行的矜持，然而其中多少刺激到「左聯」——大約文學被迫嫁給政治以後，就與幽默絕緣了罷。「幽默」（Humour）的音譯早見於《語絲周刊》，但正式揚旗則始於《論語》⑮。林先生討論到幽默時，首引麥列蒂斯（Meredith）的話：「我想一國文化的極佳衡量，是看它喜劇及俳調之發達；而眞正喜劇的標準，是看能否引

⑮ 曹聚仁：《文壇五十年》，香港新文化出版社，一九六九年六月出版，頁一七五。

起含蓄思想的笑。」然後指出，幽默本是人生的一部分，所以一國的文化到了相當程度，必有幽默的文學出現。人類的智慧，必須在自由的空氣中各抒性靈，才能發揚光大；在此空氣中有謹愿與超脫二派，老莊楊朱之徒屬於後者，而有了超脫派，自然出現幽默。

林先生認爲幽默是溫厚的，超脫而同時加入悲天憫人之念，就是西洋的所謂幽默。中國人未明幽默本意，常與諷刺混淆，所以他特標明「閒適的幽默」以示其範圍。而世事看穿，心有所喜，用輕快筆調寫出，無所掛礙，不作濫調，不忸怩作道學態，不求士大夫的喜譽，不博庸人的歡心，自然幽默。最上乘的幽默，能夠表現心靈的光輝與智慧的豐富，如麥烈蒂斯所說，是屬於會心的微笑一類。沒有幽默滋潤的國民，其文化必日趨虛僞，生活必日趨欺詐，思想必日趨迂腐，文學必日趨乾枯，而人心必日趨頑固。結果天下相率而作僞，也必多表面慷慨激昂，內心卻老朽霉腐、喜怒無常、誇大憂鬱等。「《論語》若能叫武人政客少欺僞的通電宣言，爲功就不小了」。與林先生打對臺的曹聚仁後來也承認，「他所提倡的文學，平心而論，在當時也是針砭時弊的」⑯。

《論語》暢銷的原因，受時代背景的影響很大。當時國勢惡劣，外寇逼境，忍辱負重之際，平時所見所聞，一旦按捺不住，發爲文章，其勢無法不幽默，於是幽默之風遍天下⑰。一九三四

⑯ 同⑮，頁一七六。
⑰ 海戈：〈與友人論幽默〉，引自劉心皇：《現代中國文學史話》，同註⑭，頁五九七。

年四月，林先生再創辦《人間世》，次年九月又與陶亢德合辦《宇宙風》，這些刊物的風格雖然彼此有別，但思想路線大致相同。

「左聯」中人對林系刊物的攻擊，以魯迅爲最著，他自謂不愛幽默，中國也不會有幽默存在。魯迅慣作雜文，雜文本來也就是小品文，但當時大家的情緒不同，爲了區分起見，他認爲講小道理，或沒道理，而又不是長篇的，才可謂之小品——文學上的「小擺設」。小品文若要生存，「必須是匕首，是投槍，能和讀者一同殺出一條生存的血路的東西」⑱。

林語堂先生後來回憶，他和魯迅始終沒有鬧翻⑲，兩人過去的同事之誼，當使魯迅的溫情未滅，故與其一貫作風相較，對林系小品刊物的攻擊尙屬緩和，這種態度或也受到乃弟周作人的影響。魯迅病逝以後，林先生在悼文中說明，魯迅誠然老而愈辣，他則嚮慕儒家的明性達理，「魯迅黨見愈深，我愈不知黨見爲何物，宜其刺刺不相入也」⑳。林先生在《宇宙風》裏還寫過一句

⑱魯迅：〈小品文的危機〉，收入《南腔北調集》，人民文學出版社，一九七三年八月北京第一版，頁一三七。

⑲林語堂：〈憶魯迅〉，收入《三十年代文藝論叢》，臺北中央日報社，民國五十五年十月初版，頁一三八。

⑳林語堂：〈悼魯迅〉，收入氏著《語堂文集》第四冊，臺灣開明書店，民國六十七年十二月初版，頁一〇八五。

話：「文學亦有不必做政治的丫鬟之時。」這不但是他與魯迅後期文學觀的分野，也是三十年代純文學與紅文學的大別所在。

六、結論

中共當權派在打倒四人幫後，開始重新評估三十年代文學。一九八〇年適逢「中國左翼作家聯盟」成立五十年，一九八一年適逢魯迅百年誕辰，中共擴大紀念，表現出對三十年代左翼文學運動的大致肯定，以示自己有別於四人幫。但與此矛盾的是，中共在一九八二年紀念毛澤東的〈延安文藝講話〉發表四十年時，仍強調「一要堅持，二要發展」這篇整肅三十年代作家的訓令。由此可知，大陸老作家們的死靈魂或活身軀，並未獲得眞正的自由，文藝春天就像整個共產主義天堂一樣緲不可及。

三十年代的文學保衞戰，除了民族主義文藝多少代表官方外，都是爲了維護文學的獨立和自由而努力，因此任何一部公平的中國新文學史，也都不宜無視或否定這些努力。卽就民族主義文藝而論，改進其過時的部分，發皇其重要的精神，仍爲今日之所需。換言之，我們現在需要一種反映對民權的熱愛，對民生的關懷，並爲民族的喜怒哀樂而呼號的文學。此與強調堅持與發展毛澤東文藝思想，實則不脫「文藝爲共產黨服務」的舊令，以及規定作家要「勇於熟悉羣衆火熱的鬪爭生活」的中共文藝政策，自相鑿枘。因此三十年代的文學保衞戰，在半個多世紀後的今日觀之，仍有發揚光大的價值。

中共「臺港文學研究」的非文學意義

一、前言

從一九四九年到一九七九年，臺灣和香港的文學成果一直被中共禁制隔絕，三十年來沒有一部相關論著，大陸出版的所有中國現代和當代文學史也幾無任何篇章探討及此。一九七九年起，隨着中共加強對臺灣的和誘攻勢，以及收回香港的日期逼近，臺港文學便配合政治的需要而開始露臉，作品的介紹與研究也如雨後春筍，層出不窮，且有越演越烈之勢。

中共有關臺港文學研究的立場、內容與走向，可由兩次「臺灣香港文學學術討論會」見之，此外大陸近年出版的專書和選集，也透露了相關訊息，值得關切。

二、第一次「臺灣香港文學學術討論會」

一九八二年六月，大陸第一次「臺灣香港文學學術討論會」在廣州暨南大學舉行。該會是由「中國當代文學學會」屬下的臺灣香港文學研究會、厦門大學臺灣研究所、福建社會科學院文學研究所、福建人民出版社、暨南大學中文系、中山大學中文系、華南師院中文系、深圳《特區文學》編輯部等單位聯合發起。與會者來自大陸各地，若干香港作家和臺灣旅美的秦松也應邀出席，共討論了四十篇論文。中共後來選定其中十六篇，經修改後彙集爲《臺灣香港文學論文選》出版。該書專論白先勇和陳映眞各兩篇，賴和、吳濁流、聶華苓、張系國、王禎和、黃春明、宋澤萊、劉以鬯各一篇，顯見偏重於臺灣文學，香港文學僅爲陪襯，小說討論又佔全書的絕大比重。

《臺灣香港文學論文選》的代序由《海峽》編輯部署名，明白表示對臺灣文學的介紹，「必須是有分析和有選擇的進行」，還指五十年代反共的戰鬥文學爲「反動」，又謂此次會議未能有更多的臺灣作家和學者參加，「不能不是一件憾事」。《海峽》創刊號曾經提及，它將「熱情介紹臺灣作家展示臺灣現實生活中矛盾鬥爭的佳作」，如今它又重申這個宗旨，不掩中共「既聯合又鬭爭」的統戰原則。

「中國當代文學學會臺灣香港文學研究會」會長曾敏之，其時並任香港《文滙報》副總編輯，他在第一次「學術討論會」總結時承認，若無葉劍英對臺「九點和平方案」的提出，以及中共對外政策的改變，臺港文學就提不到議事日程上來，而此次會議「是會爲臺灣回歸祖國，完成統一大業作出一點貢獻的」，中共開會的實際目的，至此昭然已揭。曾敏之還表示研究臺灣文學時，「要用馬列主義的立場、觀點、方法去綜合、分析、提煉材料❶。」事實上，會中不少論文就是以辯證唯物論和歷史唯物論的觀點與方法，套用列寧的「兩種文化」說，把臺灣文學區分爲二，一是「愛國的、進步的、健康的」，二是「反動的、落後的、腐朽的」。中共強調對前者要加以介紹，對後者要加以抵禦。我們由現代史得知，中共早從二、三十年代起，就慣將作家與作品貼上「非此卽彼」的政治標籤，如今故技又見演出。

此次會議曾就臺灣文學中兩個主要流派——現代文學派和鄉土文學派的歷史和發展趨向，進行了較多的討論。有人認爲現代文學在客觀上是對戰鬥文學的不滿和背叛，同時也不可避免地患上脫離生活、逃避現實的貧血症。「但是，『現代文學』中一些好的和比較好的作品，仍然是我們認識臺灣上、中層社會生活的一面折光鏡，它的藝術方法和寫作技巧，仍然有供我們借鑒的地

❶ 曾敏之：〈把臺港文學研究推進一步——在臺港文學學術討論會上的總結發言〉，收入《臺灣香港文學論文選》，福建人民出版社，一九八三年十月第一版，頁三。

方」❷。此種觀點顯與巴金所持者不同，巴金於一九八一年接受法國漢學家貝羅貝訪問時表示，臺灣作家中，他不喜歡白先勇的「爲技巧而技巧」❸。筆者以爲，白先勇的技巧如果太過，巴金就略嫌不足了。鄉土文學則被該會視爲「以反映社會矛盾和人民疾苦爲己任的，以建立民族風格和地方色彩爲藝術特點的臺灣現實主義」，產生的背景則扯出所謂「新中國的日益強大」，掀起了「回歸」熱潮等❹。此說自然是爲中共增壯顏色，卻與部分鄉土派作家的中國觀恰好相反。

會上有人不同意以上兩派有合流的趨勢，認爲現代派和鄉土派的理論主張、創作實踐和社會基礎三方面都見分歧，兩派在發展過程中，都因自身的需要而向對方吸取了一些營養，然而也都有一定的界限，保持着自己的基本面貌，並未因互相吸收而出現合流的趨勢。持此論者認爲，從鄉土派的理論主張和創作實踐不難看到，「它是一個進步的基本上屬於現實主義的文學流派。民族性、人民性、現實性、進步性，是這一流派的基本特徵」。而現代派做爲一個文學流派，就其基本思想和藝術傾向而言，「背離中國文學的優良傳統，追隨和生搬硬套西方現代派文學，追求『純藝術』，醉心於自我表現，逃避廣大的社會現實，表現個人主義、頹廢主義等消極思想，藝

❷ 翁光宇：〈臺灣香港文學學術討論會紀要〉，收入《臺灣香港文學論文選》，同❶，頁二六七。
❸ 貝羅貝：〈訪巴金談文學、論國事〉，香港《百姓半月刊》十一期，一九八一年十一月一日出版。
❹ 同❷，頁二六九。

術形式怪異、晦澀、難懂，這是不可取的❺。」凡此論斷，果然符合列寧的「同一地區兩種文化」說，且與稍後中共清除精神污染聲中，對大陸現代派的攻擊如出一轍。

在此前提下，該會特別重視兩派具有代表性的作家——白先勇和陳映眞。有人發言指出，對白先勇的創作應該進行全面的、辯證的分析，「前一階段對白先勇研究中有過譽之處，主要表現對他的作品中所表現出來的世界觀的局限性和消極因素沒有明確指出或有意廻避，對他的早期作品和近期創作中存在的明顯缺陷也未加分析」，論者並舉白先勇的近作〈孽子〉爲例，說明他在「思想上的倒退與藝術上的停滯」。白先勇的缺陷究竟何在？會場有人指出，由於他的觀點和選取題材所限，〈臺北人〉等作品在描寫人物關係時，沒有正面展開重大的社會衝突，「尤其是階級衝突」。因此文末期望白先勇，「技巧要前進，思想也要前進」❻。這種評析擺明了是政治的，不是學術的。

關於陳映眞，與會者主要在討論他的創作道路問題，認爲他是一個由人道主義、感傷主義走向民族主義、愛國主義的作家，也是由受現代主義影響較深，到批判現代主義而走向現實主義的作家。有人提論文表示，陳映眞不但把人生觀、世界觀與藝術觀加以聯繫，更把作家的創作和其

❺ 封祖盛：〈對臺灣文學兩大流派「合流」一說的質疑〉，收入《臺灣香港文學論文選》，同❶，頁七二。

❻ 陳青：〈論白先勇小說心理描寫的藝術特色〉，收入《臺灣香港文學論文選》，同❶，頁一四六。

所處的階級地位相聯繫，因此「很能表明陳映眞是用唯物主義觀點去分析文藝問題的」❼。世人皆知，中共近年來雖仍堅持四項基本原則——其中包括堅持馬列主義和毛澤東思想，但同時也提倡愛國主義，企圖將中國人的國族之愛轉移到中共身上，因此愛國主義（民族主義的相似詞）常爲其所標榜。至於陳映眞在鄉土文學論戰時提出的說明，自爲中共所省略了：「鄉土文學中的民族主義，正是中山先生的民族主義❽。」四人幫事件以後，陳映眞公開表示認淸了中共的本質，並聲援大陸受迫害的作家，此爲世人所共曉，他的愛國主義自不等於愛共主義，其理甚明。

參加此次會議的復旦大學、中山大學、暨南大學等校的中文系教師，也報告了各該校開設「臺港文學」課程的經驗與問題。這門課在三校都受到學生的歡迎，「因爲它既是一門文學的選修課，又是一門愛國主義教育課」❾，此種說法無視大陸青年對臺灣香港的好奇與嚮往，而生搬硬套中共近年來的政治號召。主要的困難則是資料不足，影響了課程的質量與效果，有待進一步充實與提高。會議並就暨南大學中文系臺港文學研究室編寫的「臺灣香港文學教學大綱」進行了

❼ 何慰慈：〈走上成熟的道路——試評陳映眞的近期創作〉，收入《臺灣香港文學論文選》，同❶，頁一六七。

❽ 陳映眞：〈在民族文學的旗幟下團結起來〉，收入陳著《孤兒的歷史·歷史的孤兒》，臺北遠景出版公司，民國七十三年九月初版，頁四六。

❾ 同❷，頁二七二。

討論，這份教學大綱的擬訂者就是《臺灣香港文學論文選》的編者，政治領導教學的立場可以透見。

三、第二次「臺灣香港文學學術討論會」

一九八四年四月，大陸第二次「臺灣香港文學學術討論會」在厦門大學召開，與會者近九十人，提出論文五十八篇，規模較第一次爲大。會中指出，中國當代文學學會、福建社會科學院、厦門大學臺灣研究所、中山大學、暨南大學等先後成立了臺灣文學研究室；北京大學、復旦大學、中山大學、厦門大學、暨南大學、蘭州大學、四川大學和華南師院等中文系，也先後開設了臺灣文學課程。

與會者對近年大陸的臺灣文學研究，做了充分的自我肯定，認爲從一九七九年以來的五年間，取得了「令人矚目的可喜成績」，一九八一年以來更「呈現出突破的趨勢」。一是出版臺灣文學作品漸趨系統化，爲研究工作提供了條件。二是研究逐步深化，「從面的簡評轉向點的研究」，例如流沙河先後發表多篇文字，對臺灣現代詩人紀弦、瘂弦、余光中、葉維廉等的作品進行了系列評述，作家研究也由一般性介紹轉入着重創作思想和藝術特色的評析。三是研究的範圍有所擴大，除了進一步研究旅居海外的華人作家外，還加強了對臺灣鄉土文學的研究。一九八一年報刊介紹的近四十位臺灣作家中，有一半以上是鄉土作家；前述《臺灣香港文學論文選》一書，也多半是關於臺灣鄉土文學的評論。外此還展開了對臺灣戲劇、電影的介紹研究，塡補了這方面的空白。四是研究隊伍不斷擴大，已如上述。與會者也指出，今後要加強臺灣文學現狀和散文、戲劇、電影等問題的研究，逐步適應臺灣文學創作發展形勢的需要。事實上，中共的臺灣文學研究領域始終以小說爲主，新詩次之，散文等的評論則不多見。此固由於臺灣小說的豐收所致，也因小說描述了較多的衝突現象，而爲中共所樂於援引。

與會者又對臺灣文學的發展趨向和作家作品評價問題有所討論。有人認爲臺灣新文學進入八十年代，已不能像過去那樣局限於表現人性和懷舊之情，而正在轉向探討「臺灣同胞最關心的一個問題」——中國前途問題。而一九七九年元旦「人大常委會告臺灣同胞書」的發表，「爲臺灣文學開闢了一個劃時代的新里程」，中共對統一問題的提出，也爲臺灣新文學「展現了一個寬闊、美好的前景⑩」。凡此觀點，純粹爲中共傳聲，既未驗證事實，也未經過討論，徒然貶抑了會議的學術價值。

在談到臺灣鄉土派和現代派的發展趨向時，有的代表認爲，近五、六年來，特別是進入八十年代以來，臺灣文學有一種新的發展趨勢，即現代派和鄉土派作家互相學習與吸收：現代派在內

⑩ 雲千：〈全國第二次臺灣香港文學討論會側記〉，《文學評論》，中國社會科學出版社，一九八四年第四期，一九八四年七月十五日出版，頁一四一。

容和題材方面向鄉土派「靠攏」，努力面向現實、羣衆與下層，在藝術表現方面注意民族化和通俗化；鄉土派則注意吸取現代派的表現技巧，注意描寫人物的內心世界。因此兩派在藝術上互相融合，特別是一些年輕的鄉土派作家大膽運用西方文學手法，簡直無法分清他是那一派。有的代表認爲，當代臺灣文學中的主流已被鄉土文學所代替，而且不可逆轉，現代派文學進入七十年代以後逐步走向衰落，迄今仍執着於現代主義固有創作路線的作家已不多見。有的代表不同意兩派合流之說，認爲互相吸收，正在融合，這是事實，但在藝術觀、人生態度、思想傾向等原則問題上，仍存在着深刻的分歧，各自的旗幟分明，「要兩派硬合恐怕不行」。以上多爲第一次會議時的舊曲，但中共爲強調派別的矛盾，就不吝刻意重彈了。

與會的香港代表則介紹了該地的文學和文化活動，並表示要促進大陸、臺灣、香港的文學交流。代表們認爲當代香港文學和臺灣文學一樣，是中國文學的組成部分，但由於香港與大陸處於隔離狀態，使其文學走上了相對獨立的發展階段，因此具有下述特點：一是地區性，其中有反映下層社會人情風貌的鄉土小說，有揭示商業城市矛盾的都市小說，有表現資本主義制度下「荒謬形態」的現代派小說，這些作品表現了香港的地方色彩和獨特生活。二是開放性，香港是一個國際貿易港口，隨着自由貿易的發展，西方各種文化思潮和文藝形態紛紛流入，使香港成爲世界文化的橱窗，形成香港文學「中西交融，新舊交呈，流派紛紜，魚龍混雜」的特點。三是商品化，香港文化是消費文化，書籍與報刊的命運在於能否暢銷，戲劇與電影的上演取決於票房價值，電視與廣播千方百計招徠觀衆與聽衆，許多文學創作者幾乎成爲「寫作機器」，爲了謀生不得不服從市場經濟的規律，聽命於「文化老闆」，努力製造具有競爭力的「文化商品」。香港文化界人士爲此而苦惱，嚴肅健康的文學期刊難以出版和維持，眞正具有文學價値的作品得不到發展機會，以筆謀生者稱爲「爬格子的動物」，嚴肅的作品叫做「奢侈的精神享受」。以上對香港文學的分析偏重於缺點方面，至於大陸作家嚮往的該地另一特點——自由性，會議自不便明白強調。

針對以上情況，有人指出不能籠統地認爲香港是文化沙漠，如以工業爲喩，則香港文學多爲大量生產的輕工業製品，罕見精工雕琢的工藝品、技術高度密集的尖端科技產物，以及規模龐大的重工業產品。該會進行至此，終於不可避免地出現下面這段話：「在香港也存在着進步的、健康的、嚴肅的文學創作，它們有的和祖國內地的社會主義文學緊密聯繫，歌頌社會主義祖國，揭露資本主義現實，關懷下層人民的命運；就是在受西方現代主義影響產生的文學創作中，也不難看到以象徵荒謬、變形各種方式來揭露資本主義社會的病態，具有一定的認識意義與藝術價値⑪。」這種「歌頌自己，打擊敵人」的文學觀兼政治觀，抄襲自毛澤東在延安文藝座談會上的講話，四十多年來已被許多大陸作家所摒棄，如今卻在香港重演，演出者的身分不言可喩，然而誰

⑪同⑩，頁一四二。

是其中「藝術價值」的欣賞者呢？

四、有關專書和選集

中共有關臺港文學的研究文字，除集中在兩次會議上提出外，還出版了若干專書，如《臺灣小說主要流派初探》、《臺灣詩人十二家》等；又編輯了《臺灣小說選》、《臺灣作家小說選集》等，書中都配以解說文字，表明中共的立場。

《臺灣小說主要流派初探》的作者封祖盛，即為前述第一次會議上反對「兩派合流」者。該書論述了臺灣近六十年來的小說創作，重點仍在鄉土派和現代派。在談到鄉土派小說的性質及其形成與發展時，強調它在近三十年來「與反共文學的鬬爭和現代派文學的論爭中所起的積極作用」。至於西方現代主義何以也能在臺灣造成很大的影響？則認爲是臺灣和大陸隔絕之後，「政治經濟上的對外依賴性所導致的精神崩潰和文化思想上崇洋媚外的必然結果」。在這樣的前提下，該書表示從總體來看，前期較典型的現代派作品在思想內容上並不可取，但在某種程度上「反映了臺灣的社會矛盾，對讀者來說仍然具有認識作用」⑫。而後期的部分現代派作家，逐漸

⑫ 嚴侃：〈臺灣小說主要流派初探〉（作者封祖盛，福建人民出版社），《文藝報》，北京作家出版社，一九八四年第九期，一九八四年九月七日出版，頁三五。

轉移到鄉土派的創作路線上，用筆描繪出「慘淡人生的一些眞相」，因此就爲該書所稱許了。

《臺灣詩人十二家》的作者流沙河，五十年代被劃爲右派分子，近年復出後曾寫詩歌頌鄧小平。他以十二種動物爲名，分別當做書中主人翁的象徵，例如紀弦是「獨步的狼」，葉維廉是「跳躍的鹿」，鄭愁予是「浪游的魚」等，都取材於原作者的詩中。現代派曾管領臺灣詩壇二十年，該書就以現代派爲評述的主要對象，在詩藝上給了它「盡可能的寬容」，而在思想傾向上「一則毫不含糊地持批判態度」。例如在評論紀弦時說：「臺灣現代派在詩歌藝術領域自有其貢獻，但在思想上卻無進步意義可言⑬。」中共稱此爲「既有原則性，也有靈活性」，其實是一仍舊慣，在政治上堅持立場，且以政治立場論詩。

《臺灣小說選》收錄了吳濁流、楊逵、鍾理和、林衡道、白先勇、於梨華、陳映眞、王禎和、黃春明、楊青矗、王拓、曾心儀、馮輝岳、宋澤萊、方方、奚淞等人的作品。編選委員會表示，「現代臺灣的進步文化，是中華民族人民大衆反帝反封建的新文化的一部分」。該書所收小說的主題意識，也就被中共所刻意強調：「有的描述了在日本帝國主義統治下臺灣人民所遭受的煎熬和他們的反抗鬪爭；有的描述了抗戰勝利後直到現今臺灣社會底層『小人物』的生活和願

---

⑬ 楊汝絅：〈一個有心人的「動物園」漫步——《臺灣詩人十二家》讀後〉，原載《星星雜誌》，一九八四年第五期，收入《新華文摘》，人民出版社，一九八四年第七期，一九八四年七月出版，頁二五三。

望。一些作品反映了臺灣軍人、小職員、知識分子、工商業者等各階層廣大民衆的生活和精神面貌，揭示了現實生活中人與人之間的關係。在有的篇章中，抒發了解放戰爭後期由大陸遷臺同胞的思鄉、念親和懷舊之情⑭。」由此可知，中共在選擇臺灣文學作品時，喜以反帝、社會矛盾、懷鄉等題材爲對象。其中反帝原爲民族主義的主張，而民族主義又與共產主義相鑿枘，但中共沿用列寧的故技，將反帝的民族運動與共產運動掛鈎，因此就渲染臺灣文學在反帝之餘的階級意識了。

《臺灣作家小說選集》一套四册，第一册爲二十年代到四十年代作家的中篇和短篇小說，第二册爲五十年代到六十年代，第三册爲六十年代到七十年代，第四册爲七十年代到八十年代。全書共收集了一九二六年到一九八一年，凡五十五年間近百位小說家的作品，取材仍以反帝、鄉愁、現代文學和鄉土文學等爲主。中共強調楊逵的〈送報伕〉這篇小說，「並沒有停留在對殖民者的揭露和控訴上，而是通過主人公流落到東京後的不幸遭遇，將主題更深化了。主人公在東京做一名送報工人，仍然受到殘酷的剝削；但他卻受到一位日本的階級兄弟田中的同情和照顧」

⑭《臺灣小說選》編輯委員會：〈編後記〉，收入《臺灣小說選》，人民文學出版社，一九七九年十二月北京第一版，頁六〇二。

⑮。因此，階級意識便與反帝意識相結合，甚至超越了反帝意識。至於朱西寧、司馬中原、段彩華等軍中作家的鄉愁小說，中共則認爲最大的特色，是沒有具體的時空，「那些古老的故事總是發生在抽象的年代和抽象的大陸，只是讓讀者在那些遠離現實的虛無縹緲的古老傳奇和『鄉野傳聞』（最重要的一點是發生在大陸的傳奇和傳聞）裏借以寄托鄉愁，這實際上是逃避文學的變種——逃避的鄉愁文學」⑯。此種論斷窄化了上述作家豐富的創作表現，例如朱西寧代表作《八二三註》中有力的寫眞，司馬中原自傳體《青春行》裏熟悉的童年經驗等，中共自然略而不提了。

大陸遷臺第一代作家的小說，被中共指爲「客觀世界的逃避文學」，在臺灣成長的第二代作家，不分省籍和出身，不乏探索內心世界或蒼白的人生者，其作品則被中共指爲「主觀世界的逃

---

⑮ 張葆莘：〈前言〉，收入張編《臺灣作家小說選集》第一册，中國社會科學出版社，一九八一年十一月第一版，頁九。該書收有賴和、楊雲萍、張我軍、陳虛谷、楊守愚、芥舟、蔡愁洞、朱點人、張深切、王錦江、繪聲、楊華、林越峯、馬木櫪、賴賢穎、康道樂、黃有才、楊逵、張文環、呂赫若、吳濁流、龍瑛宗、葉石濤、鍾理和、張彥勛的作品。

⑯ 文岩：〈前言〉，收入「中國社會科學院」文學研究所當代文學研究室編《臺灣作家小說選集》第二册，中國社會科學出版社，一九八二年五月第一版，頁五。該書收有鍾肇政、林海音、朱西寧、司馬中原、柏楊、聶華苓、孟瑤、潘人木、端木方、劉非烈、王鼎鈞、郭良蕙、蕭白、楊海宴、王默人、桑品載、子于、鄭煥、林鍾龍、廖清秀、文心、鄭清文、江上、李喬、黃娟、奔煬、季季、黃靈芝的作品。

避文學」。白先勇筆下的大小人物，既懷舊又思鄉，集體演出了那個憂患時代的悲劇，中共說是「爲舊社會、舊制度、舊時代、舊世界，唱出了無可奈何的輓歌⓱」，自然樂於傳布。歐陽子的〈花瓶〉等愛情故事，在技巧上被中共稱爲篇篇精品，「但它卻暴露了臺灣社會中產階級的精神空虛、腐朽的生活和醜惡的靈魂，對祖國大陸的讀者來說，還是有着一定的認識作用的」。正因如此，白先勇和歐陽子的小說都選錄了多篇。七等生的小說以怪異著稱，中共強調此固與作者的主觀因素有關，但這些因素在臺灣這個土壤上才會產生，「七等生的怪異和怪異的七等生，原來爲臺灣社會那種『無由排遣的煩悶』所需才應運而生的」。林懷民的作品所以被採用，則因他描繪出「臺灣年輕一代的虛無、迷惘的心境，以及他們的苦悶和放蕩⓲」。至於於梨華等人的「留學生文學」，合唱了流浪者之歌，表現了失根的鄉愁，就被中共統稱爲心嚮大陸了。

⓱ 文岩：〈前言〉，收入「中國社會科學院」文學研究所當代文學研究室編《臺灣作家小說選集》第三册，中國社會科學出版社，一九八二年七月第一版，頁七。該書收有白先勇、歐陽子、陳若曦、王文興、叢甦、水晶、於梨華、范思綺、康芸薇、瓊瑤、莊因、東方白、七等生、施叔青、林懷民、張系國、王禎和的作品。

⓲ 同⓱，頁一三。

五、結　論

隨著中共對臺灣和香港的野心日熾，一九七九年以來大陸的臺港文學研究已成「顯學」。至一九八四年爲止，已有《收穫》、《當代》、《海峽》、《花城》、《長江》、《人民文學》、《上海文學》、《港臺文學》等七十餘種刊物介紹了有關作家與作品。人民文學出版社、廣播出版社、社會科學出版社、福建人民出版社、廣西人民出版社等十餘家出版了有關作品。以上合計介紹了一百五十餘位作家，其中若干位出版了選集，如《楊逵作品集》、《吳濁流小說選》、《鍾理和小說選》、《陳映眞小說選》、《黃春明小說選》、《王禎和小說選》、王拓小說選《海葬》、聶華苓短篇小說選《臺灣軼事》、《陳若曦小說選》、《張系國小說選》、《三毛作品集》等；長篇小說也出版了聶華苓的《失去的金鈴子》、《桑青與桃紅》，於梨華的《又見棕櫚》、《考驗》、《三人行》，鍾肇政的《臺灣人三部曲》等⑲。另有綜合性的研究專書與作品選集，已如前述。

⑲ 陸士清：〈近年來的臺灣文學研究〉，原載《復旦大學學報》，一九八四年第五期，收入《新華文摘》，人民出版社，一九八四年十二期，一九八四年十二月出版，頁一四七。

中共研究臺港文學的動機，在直接或間接爲其政治服務，以求贏得一場不聞槍聲的戰爭。它現在以愛國主義爲名拉攏臺灣作家，憑藉地理的優勢自稱代表中國，有意省略中國人一向重視的歷史觀點，即諱言文化的民族主義。中共此刻對外暫隱四個堅持的教條，對內則仍強調所謂愛國主義就是熱愛中國共產黨，愛社會主義，也就是走向共產主義的階梯⑳，此與海內外中國人心之所繫者——愛國主義就是民族主義，也就是以倫理爲本質，以平等爲原則，主張濟弱扶傾，終至世界大同的主義，名同而實異。

換言之，中共企圖透過臺港文學的研究，渲染臺灣和香港的缺點，挑起矛盾和恨意，並爭取可資利用的作家，重演三十年代的收穫。然而八十年代的中華民國早已進入憲政時期，臺北在政治、經濟、社會、文化各方面的成績都遠勝於昔日的上海，加之中共從四十年代以來迫害作家的紀錄不絕，彰彰在世人耳目，對臺灣作家實無吸引力，因此其如意算盤不免落空。爲了愛護作家的慧心妙手，以確保自由中國文壇的繁花似錦，我們宜使中共的算盤繼續落空下去。

⑳ 本刊評論員：〈從愛國主義到共產主義〉，《紅旗半月刊》，紅旗雜誌社，一九八三年第四期，一九八三年二月十六日出版，頁六。

王蒙的下放與上臺

一、前　言

王蒙接任中共文化部長的傳聞已久，一九八六年一月起，他就忙著向訪客申述自己的固辭之意，卻也顯示官方對其倚重之殷。四月十四日，文化部發言人宣布，王蒙已於兩週前到任❶。

文藝在中國大陸向來屬於敏感領域，主管文藝工作的文化部因此有「政治寒暑表」之稱，歷任部長包括茅盾、陸定一、蕭望東、黃鎭、朱穆之等，其中僅有茅盾是作家出身。現在，王蒙又

---

❶　王蒙出任文化部長一事，經由外電報導，中共並不否認，但新華社尙未正式發布消息。王蒙不免尷尬。一九八六年四月底，他在接受香港《文滙報》記者訪問時聲言，部長還未任命，現仍爲作家身分。其實，王蒙已赴文化部就職多日，海外因此稱他爲「候任文化部長」。

開一例。

王蒙從五十年代因作品觸怒當局而遭下放，到八十年代躋身於中共的官僚階層，其間曲折殊堪玩味，最值得探討的問題有二：王蒙何以下放？又何以上臺？

二、王蒙何以下放？

王蒙祖籍河北南皮，一九三四年四月十五日出生於北平，十一歲入平民中學，受時局和學校氣氛影響，十四歲就加入中共，該校也就成爲他接受正式教育的最後場所。一九四九年共軍入城後，他擔任青年團的各項工作。

王蒙於一九五三年起執筆寫作，先後完成《青春萬歲》和《春節》等長篇小說，以及《小豆兒》等兒童文學作品。一九五六年九月，他發表〈組織部新來的青年人〉❷，不久即遭中共批判，次年更被打爲「反黨反社會主義的資產階級右派分子」，因此在北京郊區勞改，一九六三年又被下放到新疆。一九七九年二月獲得平反，六月回到出生地。

〈組織部新來的青年人〉所以賈禍，乃因揭露了中共的官僚主義。故事的主人翁林震只有二

❷〈組織部新來的青年人〉發表於一九五六年九月號《人民文學》，臺北《共黨問題研究》第四卷第八期轉載，民國六十七年八月出版，頁九七—一一二。

十二歲，這正是王蒙當時之齡，此點恐非巧合。王蒙借林震及其上司之口，勾畫了一幅幅的中共黨工心態圖。例如，新到組織部的林震大膽指出，他來區委會以後發現許多缺點，與過去想像中的黨領導機關不同。組織部副部長劉世吾卻答道：「當然，想像總是好的，實際呢，就那麼回事。問題不在有沒有缺點，而在什麼是主導的。我們區委的工作，包括組織部的工作，成績是基本的呢？還是缺點是基本的？顯然成績是基本的，缺點是前進中的缺點。我們偉大的事業，正是由這些有缺點的組織和黨員完成著的。」

此種圓滑的修辭，三十年來中共仍然不絕於口，且名之爲辯證唯物主義。只是聽者不免如林震一樣，有種奇怪的感覺：和劉世吾談話似乎可以消食化氣，而自己原先那些肯定的判斷和明確的意見，卻變得模糊不清，因此更加惶恐了。

不久，劉世吾更在黨小組會上公開表示，願對林震的思想情況提出一種推測：年輕人容易把生活理想化，以爲應該怎樣，便要求怎樣。做一個黨工作者，要多考慮的卻是容觀現實，是生活可能怎樣。年輕人也容易高估自己，抱負甚多，一到新的工作崗位就想對缺點鬪爭一番，充當個娜斯嘉式的英雄。「這是一種可貴的、可愛的想法，也是一種虛妄」。

此種會議上的針鋒相對，尙屬和風細雨，彼此之間有褒有貶，獨缺腥風血雨的武鬪。王蒙的始意和王實味、白樺一樣，都以苦戀中共的心情出發，行規過勸善之責，結果中共無法容忍，執筆者也就分別演出不同的悲劇了。

王蒙在本文中還借女主角趙慧文之口，對中共幹部發表了如下的評價：

——劉世吾、韓常新還有別人，他們確實把有些工作做得很好。他們的缺點散布在咱們工作的成績裏邊，就像灰塵散布在美好的空氣中，你嗅得出來，但抓不住，這正是難辦的地方。

——生活裏的一切，有表面也有內容，做到金玉其外，並不是難事。譬如韓常新，充領導他會拉長了聲音訓人，寫彙報他會強拉硬扯生動的例子，分析問題，他會用幾個無所不包的概念；於是，儼然成了個少壯有為的幹部，他漂浮在生活上邊，悠然得意。

——劉世吾有一句口頭語：就那麼回事。他看透了一切，以為一切就那麼回事。按他自己的說法，他知道什麼是「是」什麼是「非」，還知道「是」一定戰勝「非」，又知道「是」不是一下子戰勝「非」，他什麼都知道，什麼都見過——黨的工作給人的經驗本來很多；於是他不再操心，不再愛也不再恨。他取笑缺陷，僅僅是取笑，欣賞成績，僅僅是欣賞。

官僚主義的泛濫，使得中國大陸既乏民主，又無效率。後者過去不為外界所廣聞，世人總以獨裁統治的效率必高，殊不知權力帶來腐化的情景，放諸四海而皆準，何況在終身制與大鍋飯行之有年的地方。包德甫先生後來也指出，當前大陸面臨的最嚴重問題，除人口壓力外，就是官僚主義了，後者且較帝王時代猶有過之，幹部們早已成為新階級，紛紛拒絕改革❸。王蒙當年因小

❸ 引自周玉山：〈悲愴大地——包德甫先生的《苦海餘生》〉，收入《文學邊緣》，臺北東大圖書公司，民國七十二年一月初版，頁二四七。

說寫實而獲罪，二十多年後雖然平反，他批評過的現象卻變本加厲地滋長著。世人很難由此看出中共的進步。

「右派分子」的帽子雖已摘除，但王蒙顯然心有餘悸，他在復出後發表的〈布禮〉❹中，借主人翁鍾亦成的遭遇，一澆心頭的塊壘，形容定右派的過程，極像一次外科手術。鍾亦成和黨本來血肉相連，甚至是黨身上的一塊肉。現在，這塊肉經過外科醫生用隨著氣候而脹縮的儀表進行檢驗，被鑒定發生了癌化惡變。於是，人們拿起手術刀，認眞地把它割掉。一經此舉，不論原來的診斷是否準確，看到這塊被拋到垃圾桶裏的血肉時，用不著別人，就是鍾亦成也不能不感到厭惡、噁心，再不願用正眼多看一眼。

對於鍾亦成本人，這則是一次「胸外科」手術，因爲黨和共產主義，就是他鮮紅的心。現在，人們正用黨的名義來剜掉他的心。而出於對黨的熱愛和服從，他也要親自持刀，加入切剝的行列。當手術完成後，他從鏡子裏看到一個失去心的人，蒼白的面孔……。

「天昏昏，地黃黃！我是『分子』！我是敵人！我是叛徒！我是罪犯！我是醜類！我是豺狼！我是惡鬼！」鍾亦成的叫喊，無異王蒙本人的夢魘。二十二歲時的王蒙，基於對中共的信

❹〈布禮〉發表於一九七九年第三期的《當代》，收入《中國新寫實主義文藝作品選》續編，香港七十年代雜誌社，一九八〇年九月初版，頁一三八—一七三。

任，求好心切地寫下了〈組織部新來的青年人〉，結果換來長期的下放，也使世人看到一個政治天眞者的下場。終於，他學會了改變。

三、王蒙何以上臺？

王蒙復出後奮筆不輟，不到兩年內卽發表〈布禮〉、〈悠悠寸草心〉、〈夜的眼〉、〈說客盈門〉、〈風箏飄帶〉、〈春之聲〉、〈海的夢〉、〈蝴蝶〉等作品，頗受文壇重視。其中〈悠悠寸草心〉❺以含蓄的手法，諷刺翻案後不忘求官的老幹部，顯示其一貫的風格。

〈在睜開眼睛，面向生活〉一文，王蒙更慨然表示，中共黨內出現過，將來也仍然可能出現靠帽子和棍子，靠訛詐和唬人吃飯的騙子；大陸文壇出現過，將來也仍然可能出現粉飾生活，甚至僞造生活欺騙讀者的謊言文學❻。王蒙此時仍然堅持的道德勇氣，使他一度與劉賓雁齊名。

在大陸小說家中，王蒙率先運用意識流和象徵主義的技巧，重視心理刻畫，描摹人的感覺，

❺〈悠悠寸草心〉發表於一九七九年第九期的《上海文學》，收入《中國新寫實主義文藝作品選》，香港七十年代雜誌社，一九八〇年九月再版，頁一一二—一二四。

❻引自康銘淑：〈大陸文藝界的「革新派」〉，臺北《時報雜誌》十四期，民國六十九年三月九日出版，頁一五。

強調作品的線條、色彩和音響效果，但不太講究故事情節的連貫性❼。在中共官方的眼中，凡此皆拾西方現代派之餘唾，因此深感不滿。一九八一年五月一日，《光明日報》刊出專文討論王蒙的近作，對其有所褒貶❽。論者指其單純從藝術風格方面探索，讀來不夠明快，「步入了歧途，令人失望」。同時他寫陰暗面多，處處帶刺，格調很冷，「缺乏感情的潮汐，讀後不能給人以信念」。此外，王蒙還被指有如下缺點：

——〈夜的眼〉、〈海的夢〉等作品晦澀難懂，知音甚少，叫人心寒。

——王蒙的小說沒有塑造典型，而古今中外的傳世佳作，都是成功地塑造了人物典型的。

——王蒙的作品似乎東一下、西一下，不符合現實生活的邏輯，予人雜亂、零碎之感。作家如果不注重按生活邏輯構思作品，片面強調心理邏輯的需要，就很容易割碎生活的整體，想寫什麼就寫什麼，甚至滑向唯心主義和自然主義。

---

❼ 王蒙在一九七九年十二月《北京文藝》舉辦的創作座談會上表示：「如果我拿出來的東西是似曾相識的，或在別人的作品裏曾經見過，或在自己的作品裏曾經有過類似的影子，那不是成功。所以文學要標新立異，另闢蹊徑，花樣翻新。」或基於此，他開始寫意識流的小說，並強調意識流中所寫的感覺，「並非荒誕不經，並非一定就頹廢、沒落、唯心以至最後發神經病或者出家做洋和尚」。以上引自黃南翔：〈王蒙的「意識流」小說〉，香港《明報》，一九八一年六月二十六日。

❽ 梁東方：〈關於王蒙近作的討論〉，《光明日報》，一九八一年五月一日。

王蒙從唯心主義邊緣人的評價，到享有今天的政治地位，得力於他在一九八二年的表現。該年五月，王蒙赴美出席當代中國文學會議。十月三日，《人民日報》發表他的追憶文字：〈雨中的野葡萄園島〉，展示其共產黨員心態的一面：「這次來美國是爲了參加紐約聖若望大學的一次國際性的關於中國當代文學的討論。當然，有許多嚴肅的、態度客觀的學者參加了討論，但也確實有幾個人利用文學討論兜售他們的一廂情願的反共反華濫調。叫人高興的是這些人的挑衅都遭到了應有的有理有據的反擊，到後來，出醜的，恰恰是這些人自己」。

這種冗長拙劣的文字，不像出自名家之手，但確保了王蒙的平步青雲。或亦可以說，這是他對中共寵愛及於其身的答禮，因爲就在前一個月，他成爲中央候補委員。至一九八五年九月，更升爲中央委員。一旦膺此重任，他就向記者侃侃而談昔日的戰友，認爲劉賓雁的麻煩在於常用文學的誇張手法，來描寫眞人眞事。對於喜歡的人，毫無保留的歌頌；對於厭惡的人，則給予毀滅性的打擊。「所以，在他的文章中，一旦出現失實，就會引起強烈的反應，這涉及到一個作家如何對待眞實，以及每個公民都有爲自己進行辯護的權利」❾。

劉賓雁和過去的王蒙一樣，皆以寫實主義的筆法，批判大陸上的官僚主義，因此贏得羣衆的崇敬與信賴。如今，王蒙卻隱指劉賓雁的文章失實，且以公民的權利爲名，曲意維護枉法的幹

❾ 張治平：〈王蒙談文壇近況〉，香港《文滙報》，一九八六年一月十六日。

部。王蒙的改口換筆，滿足了中共的需要，至於廣大讀者的企盼，已非其所能計及。

王蒙進一步表示，劉賓雁對世界和生活的理解都不夠現代，譬如在外國，一些複雜的案件起碼得審查、開庭數月之久，才能定案，但劉賓雁在調查並取得自己的結論後，就非常自信，且以明確肯定的觀點寫出來，「這樣惹得案件涉及的當事人都來了，各有不同看法，有認爲他弄錯事實的，又哭又鬧，在這種情況下，作協要做出判斷，也是非常困難的。唯一的對付方法，就是不做判斷❿。」

劉賓雁復出後不改其志，仍然主張以文學爲媒，做不平之鳴，強調眞實之必要，並以關懷民間疾苦爲己任。由於大陸文壇受到中共的壓制，使得文學反映現實生活的領域越來越少，作品粉飾太平的情況越來越多，劉賓雁深爲此憂，因此和魯迅一樣，矢志寫不瞞不騙的文章。他著重把一樁事件揭開，探討何以發生此事，讓讀者了解大陸社會受到破壞，許多地方需要改造。這樣寫當然觸犯一些人，不悅之餘會告他的狀，所以他一面寫，一面爲自己做律師⓫。

大陸律師的境遇又如何？劉賓雁在〈我的日記〉裏透露，遼寧省台安縣的四名律師中有三人被捕，他們可以隨時被制止辯護，趕出法庭，甚至當場被帶上手銬抓走。律師王百義就被四公分

---

❿ 劉敏儀：〈王蒙談文藝改革〉，香港《文滙報》，一九八六年五月二日。

⓫ 〈劉賓雁語錄〉，香港《明報》，一九八五年十月四日。

粗的大黑繩五花大綁，遊街示衆後才收監，此時還有人鳴放鞭炮示慶，而主持這個儀式的竟是該縣司法局長⑫。毛澤東過去在接受美國記者史諾訪問時，就直承自己是「和尚打傘」——無法無天，現在他和四人幫都已隨風而逝，無法無天的事件卻仍在大陸重演，此一部分與文革時期何異？

王蒙也不否認，劉賓雁很得人心。正因爲大陸缺乏法治，人民的寃屈難伸，所以寄望於認眞勇敢的劉賓雁。王蒙不問因果關係，直指劉賓雁不夠現代，其實不夠現代化的正是中共本身。時至今日，大陸上仍然「黨大於法」，那些無法無天的作奸犯科者，在劉賓雁的照妖鏡下無所遁形，只好又哭又鬧了，王蒙卻站在他們的立場上說話，忘記自己在撰寫〈組織部新來的靑年人〉時，也像劉賓雁一樣，在調査並取得自己的結論後，就非常自信，且以明確肯定的觀點，寫出對中共官僚主義的不滿。王蒙不惜以今日之非，否定昨日之是，開了歷史的倒車。

値得向世人還原的，是紐約當代中國文學會議眞貌。該會的出席者來自臺灣、大陸、香港、歐洲和美國各地，會場始終爲自由民主的氣氛所籠罩。在香港代表責難了中共的文藝政策後，王蒙答以寧願生活在一個對文藝敏感的社會。大陸對文藝的敏感來自兩方面，一爲官方，一爲作家自身。前者業已造成太多的文壇悲劇，彰彰在世人耳目，後者則包括使命感和餘悸、預悸等複雜

⑫ 引自鍾離子：〈劉賓雁鞭毛，激怒中南海〉，《中國時報》，民國七十四年九月二十二日。

心情。王蒙有意含混其詞，然而尷尬可見。

更令王蒙坐立不安的，是大陸留學生梁恒在會場的控訴。梁恒於詳述民間文學的崛起與發展，以及被中共封殺的經過後，質問那時噤若寒蟬的官方文學工作者：「當您們的書被人燒光，筆被人抱走，無言論自由時，是怎樣想呢？當您們因寫了小說被批評、關牛棚、蹲牢房，受盡摧殘時，又是怎樣想的呢？當您們重新獲得了創作的機會，得到了寶貴的紙和筆，民衆用自己的血汗養活您們，又會是怎樣想的呢？您們相信文學的社會效果可以亡黨亡國嗎？您們相信這些民間文學破壞了安定團結的局面嗎？您們相信這些年齡最小才十七、八歲的文學青年是社會的罪人嗎？請問問自己吧！如果大陸的農民不聞不問，還情有可原；如果具有深厚同情心和敏銳判斷力的作家對此不聞不問，就太令人失望了⑬。」

梁恒顯然服膺一種觀點：「豈有文章傾社稷？從來佞幸覆乾坤！」換言之，中共將混局歸罪於反映現實的文學，而不檢討亂源主要是政治本身的不良，如專制主義、教條主義、官僚主義等。當權派在利用了傷痕文學和民主牆以後，隨即變臉反撲，民辦刊物也全遭取締，編輯們更被送進了監獄，此與毛澤東的「陽謀」可謂大同小異。梁恒的質問，引起了全場的關切。

⑬ 周陽山：〈蒙蔽眞相的王蒙——記紐約「當代中國文學會議」的一場爭辯〉，臺北《益世雜誌》三十一期，民國七十二年四月出版，頁七三。

稍後，王蒙不得已上臺表示，梁恒的激越無補於事，希望大家不要只知咒罵過去，相反地要瞻望將來，在四人幫的教訓之後，走上一條建設的道路。換句話說，一切應該向前看。王蒙此時音調低沉，態度卑微，但他無法回答上述問題，而將中共近年來的缺失，照例歸罪於四人幫，與會者的失望可以想見。

《人民日報》那篇追憶失實的文字，除爲表態所需外，也是王蒙辯解失敗後的精神自慰。夏志清先生在會後說了一句妙語：「那個從組織部來的王蒙！」昔日王蒙筆下新到組織部的青年，嫉惡如仇，口直心快，一意要做官僚主義的剋星。今天王蒙本人走到正義的反面，充當不良政治的辯士，成爲歷史嘲弄的對象，遂使夏先生對組織部的來人有了新解。

王蒙此行還爲四十年代王實味之死，竭力替中共脫罪。其實早在一九六二年一月三十日，毛澤東已於擴大中共工作會議上親口說明：「還有個王實味，是個暗藏的國民黨探子，在延安的時候，他寫過一篇文章，題目〈野百合花〉，攻擊革命，誣衊共產黨。後來把他抓起來，殺掉了。」⑭這次會議出席者多達七千人，這段講話後來收入所謂《毛澤東思想萬歲》中，王蒙顯然

⑭ 毛澤東：〈在擴大的中央工作會議上的講話〉，收入《毛澤東思想萬歲》第一輯，中華民國國際關係研究所複製，一九七四年七月，頁四二一。毛澤東在此處接着表示：「那是保安機關在行軍中間，自己殺的，不是中央的決定。對於這件事，我們總是提出批評，認爲不應當殺。他當特務，寫文章罵我們，又死不肯改，就把他放在那裏罷，讓他勞動去罷，殺了不好。人要少捕少殺。他動不動就捕人、殺人，會弄得人人自危，不敢講話。在這種風氣下面，就不會有多少民主。」毛澤東以此爲自己辯解，但他同時指出，「罪大惡極的，也要捕一些，還要殺幾個。因爲對這樣的人，完全不捕，不殺，不足以平民憤。這就是所謂的『不可不捕，不可不殺』」。由於殺人欠缺標準，保安機關根據慣例，寧多勿漏，所以槍決了王實味。保安機關爲中共的一部分，後者自應爲此事負責。

有所不知。

關心中共文藝整風的人都知道，王實味是個老共產黨員，翻譯了兩百多萬字的馬列主義著作，對中共理論界的貢獻至鉅，他以苦口勸諫高級幹部們，結果死於非命。王蒙本和王實味同類，但他現在已是周揚的繼承人，而中共鬥爭王實味時，周揚正是執行者。王蒙的轉變，出乎大陸中老年作家的意料。五十年代到八十年代的差距，造成了他的下放與上臺。

一九八三年十月，鄧小平在中共十二屆二中全會上，提出思想和文化戰線清除精神污染的問題，正式揭開對理論界、文藝界的全面整肅，這是鄧小平師效毛澤東，親自主持的一次新整風。王蒙此時積極表態，再度以今日之左否定昨日之右，強調要以毛澤東的舊文〈反對自由主義〉為武器，反對右傾和資產階級自由化的思潮。

依王蒙之見，西方資產階級的影響所及，有的表現為腐朽沒落的生活方式，有的則是露骨或稍加打扮的反共主義。「有時候這種醜惡的反共論調竟能在某種幌子下在一些翻譯出版物中滲透進來，實在令人觸目驚心。我們還應該指出，甚至在一些中性的或較好的西方學術、文藝作品中，也難以完全擺脫它們的產地的根深蒂固的反共偏見的影響[15]。」以上這種冗長拙劣的文字，王蒙每在重要時刻加以照搬，再度顯示了他的官方文學家身分。

---

[15] 王蒙：〈滌除污垢，迎接新的繁榮〉，《光明日報》，一九八三年十一月七日。

王蒙深感憂慮的是，文藝創作上問題也不少。「如有的胡編亂造，歪曲革命歷史與革命事實，背離了馬克思主義的基本觀點。有的作品甚至發展到美化國民黨，美化大地主、大資產階級，否定階級及階級鬪爭，否定革命，革命戰爭的正義性、必然性與必要性，提倡超階級、超黨派、非革命的『人性復歸』，實際上是拾起了歷史唯心主義的濫調，拾起了用資產階級人性論反對馬克思主義階級論的陳詞濫調⑯。」

王蒙對唯心主義的批評，令人想起他自己在一九八一年所獲的類似罪名，但時隔兩年，他已扮演文藝指揮家的角色，不復當年的窘狀了。「有的作品甚至發展到美化國民黨」，王蒙終於說出中共最畏懼的實情。部分大陸作家與中共之間，已由內部矛盾提昇爲敵我矛盾，在中共看來，這無異是「反革命」。王蒙也承認，確實有人至今不喜歡四項基本原則，他心所謂危，因此強調堅持之必要，這完全是官僚主義的聲音了。

四、結論

王蒙近年一面在北京南郊舒適的寓所裏寫稿，一面出來傳播中共的文藝訓令。一九八五年十

⑯ 同⑮。

月三十一日至十一月四日，「作協」召開工作會議，他以常務副主席的身分告訴作家們，大陸文壇有些現象值得注意：第一，所謂通俗文學實質是庸俗文學的衝擊，也就是盲目追求金錢的市場力量對正當文學事業的衝擊。第二，有一種對於現實題材、對於文學的社會性、對於作品的社會意義、對於時代精神、對於深入生活的嘲弄和貶低的論調。第三，有些作品由於熱衷描寫抽象的人性，削弱了愛國主義和革命英雄主義的宣揚⑰。

王蒙所說的「正當事業」和「愛國主義」等，皆為共產主義的代名詞，此為其所不諱言。他接着提倡文學要有社會主義的政治思想傾向，也就是首先表現在有愛國主義、集體主義、社會主義、共產主義的傾向。此說可謂毛澤東主張的延續，不脫「文藝為政治服務」的舊調。而他批評大陸文壇的各種現象，證明了前兩年清除精神污染運動的無效，作家爭取自由的言行更見普及，已非中共所能全面控制。

胡啓立曾在「作協」第四次大會上發表祝詞，王蒙現在為之作註，承認創作是一種特殊的腦力勞動，人們無法按行政命令寫出好作品，自由是創造的必要前提，人類的心靈和智慧只有在自由環境下，才能表達、追求、創造出互不相同和充滿個人特點的精神產品。但他隨即指出，「祝

⑰〈王蒙在中國作協工作會議上說：在堅持創作自由的同時須強調作家的社會責任〉，《人民日報》，一九八五年十一月六日。

詞」精神並非孤立的「創作自由」四字，而是同時強調作家要學習馬克思主義理論，樹立革命的世界觀，深入火熱的鬥爭生活，了解共產黨事業的根本利益等。換言之，這個「自由」是有要求的。「我們的創作自由是社會主義的創作自由，歷史證明，也只有社會主義制度的建立和完善才能提供眞正的創作自由的條件⑱。」王蒙如是說，他無法解釋個人特色與集體主義應如何兼顧，自由環境與黨的利益又如何協調。上述種種立即而明顯的矛盾，他都不必負責解答，他已成爲新的歌功頌德派了。

大陸上不乏此種歌德派，眞正的德國大文豪歌德卻反對詩人過問政治：「一個詩人如果要搞政治活動，他就必須加入一個政黨；一旦加入政黨，他就失其爲詩人了，就必須同他的自由精神和公正見解告別，把偏狹和盲目仇恨這頂帽子拉下來蒙住耳朵了⑲。」詩人如此，小說家亦然。時至現代，文學與政治的關係更形密切，文學家或亦可以加入政黨，以便多方體驗生活，並對黨內的弊端如官僚主義等加以針砭。五十年代的王蒙，正扮演着這種角色。

不幸，我們看到了八十年代的王蒙：一名中共黨內的新官僚，果然與昔日的自由精神告別，

---

⑱ 同⑰。

⑲ 愛克曼輯錄：〈歌德談話錄〉，收入《文學理論資料滙編》上册，臺北華諾文化事業公司，民國七十四年十月第一版，頁一六〇。

偏狹的帽子亦已拉下。活在一個政治干涉文學的傳統裏，他的政治前途看好，文學前途就難樂觀了。政客爭一時，文學家爭千秋。身爲極權政治的新貴，王蒙的千秋事業如何挺立？

遇羅錦事件

自由的秘訣在勇敢。——裴瑞寇斯（Pericles）

我的創作動機是為了愛——為使自己和別人更能領受自由、認識自由的那種博大的愛。

——遇羅錦

一、前言

宣揚近代自由觀念的學者中，盧梭是重要的一員，他曾在《民約論》一書開宗明義指出：「人乃生而自由，卻到處皆在鎖鏈中。」此語像是黎明時分高處一聲空前悲壯的胡笳❶，喚醒多

❶ 張佛泉：《自由與人權》，臺菁出版社印行，頁三九。本書未署出版年月。

少夢中的人類，他們紛紛努力開鎖，然後以成功的果實證明盧梭未免有些悲觀。大陸女作家遇羅錦未必讀過《民約論》，但她也加入了證明的行列，讓世人清楚看見，或遲或速，鎖鏈可解。

一九八六年一月底，遇羅錦應波昂的雅知出版社之邀，啓程赴西德訪問。二月五日深夜，國際列車經蒙古、蘇聯和東歐後抵達西柏林，她對公安局特務沿途跟踪的顧慮才一掃而空。三月二十六日，她向西德政府尋求政治庇護之事公開後，立即轟動了世界。

遇羅錦初抵波昂時，住在雅知出版社負責人黃鳳祝夫婦家，頗感主人之隆情。投奔自由的事件發生後，黃鳳祝由於畏懼中共，卽與遇羅錦絕交，並聲明她受到臺灣留學生的影響❷。對於此類說詞，遇羅錦慨然表示，要說受人指使，那只有一人，卽不死的毛澤東❸。一九四九年以來，毛澤東不斷發動政治鬬爭，遇羅錦及其家人從未倖免，而且深受其害，或關押，或判刑，或處

---

❷ 黃鳳祝說：「當有臺灣留學生，在遇羅錦面前提到尋求政治庇護可達到在德國居留目的時，我表達了我的意思。當時我說：我有很多中國朋友，我還要與他們來往，對利用政治庇護以求得長期在德國居留的方法，我是愛莫能助。」見黃鳳祝：〈有關遇羅錦申請政治庇護的聲明〉，香港《九十年代月刊》，一九六期，一九八六年五月，頁五五。

按黃鳳祝是親共的德國華僑，他原以接待大陸來人的心情，熱情照顧遇羅錦，並答允爲她出版〈在中國，一個結過三次婚的女人〉，不想遇羅錦卻投奔自由，使其處境尷尬。黃鳳祝說他自己有很多中國朋友，主要卽指共方人物。

❸ 汪衞紅：〈遇羅錦說是毛澤東「指使」她搞政治庇護〉，香港《明報月刊》二四五期，一九八六年五月，頁六。

死，或流放。時至今日，毛澤東的幽靈仍在中國大陸遊蕩，也部分附着於中共現任領袖的身上，鄧小平發起的清除精神汚染運動卽其一例。遇羅錦在此次運動中，果然又遭到嚴厲的批判。

遇羅錦事件爆發後，中共外交部不得已，乃舉行記者會，聲稱她在過去幾年享有創作自由，且能出國訪問，最近又出版了新書，受迫害之說無法成立云云。遇羅錦聞訊後指出，如果一個人受害三十多年，只有一兩年例外，是否算是未受迫害？她的〈一個冬天的童話〉兩次評選入獎，都被當局暗中撤下，出書時也遭刪節。〈春天的童話〉和〈求索〉挨批之多，更爲中共建立政權以來所未曾有，發表這兩篇作品的刊物主編、副主編和編輯，都被檢查或調離工作，刊物本身還要戴罪立功，批判她以表明立場，這就是中共所說的創作自由。

遇羅錦的兩部「童話」已被譯成法文，巴黎的一個文學機構因此邀她往訪，但中共查扣了來信❹，直到法文本的譯者相告，她才知曉此事，花都之行自然告吹。後來西德魯爾大學也曾邀訪，中共又因她不是共產黨員，且常受批判，不能以作家的名義出國，所以她是以私人訪友爲由，把握一度寬鬆的時機，像逃跑一樣的離開大陸。遇羅錦和《苦海餘生》的作者包德甫持相同觀點，卽如果大陸打開門戶，十億人民中所剩者必然無幾，大家都要出走了。中國人向來安土重

❹ 保山：〈遇羅錦選擇自由的心路歷程〉，香港《百姓半月刊》，一二〇期，一九八六年五月十六日，頁二六。

遷，如今卻求去心熾，共產黨實不能辭其咎。

遇羅錦前半生的道路上鋪滿了荆棘，世人不難從回顧中理解其思感與動向，此處宜先說明荆棘之源——遇羅錦父母及兄長的悲劇。

二、遇家的悲劇

遇羅錦的祖籍爲遼寧營口，出生於一九四六年。父親遇崇基，早年畢業於日本早稻田大學，曾任土木工程師。「鎭壓反革命」和「三反五反」運動期間，他被工作隊關進學習班「反省交代問題」，並押至北京東四區蟾宮電影院，接受羣衆的揭發與批鬪，「槍斃遇崇基」之聲不絕於耳，臺上臺下如響斯應，於是被公安局逮捕，判刑四年，緩刑三年❺。一九五七年他又因提供一點意見，被中共定爲右派分子，遭工作單位開除工職，送往農場勞改。文化大革命期間一度禁閉在家，也曾隨女兒遠赴內蒙古謀生，返回北京後以挖防空洞爲業❻。知識分子淪落至此，可謂慘矣。平反後他編寫日語教材，頗受讀者歡迎。

---

❺ 遇羅錦：〈我爲什麼要在聯邦德國請求政治庇護?〉，《中央日報》（國際版），民國七十五年四月十日。

❻ 鍾鎔亘：〈遇羅錦的童話〉，《中國大陸月刊》，二三四期，民國七十五年四月，頁四三。

遇羅錦的母親王秋琳，中學畢業後也曾赴日求學，九一八事變後與遇崇基相偕回國。一九四八年她與人合股，用一千元開了一個小型鐵工廠，在中共看來，這就是資本家❼。當時更確切的稱謂，是「民族資產階級」。在公私合營運動時期，她因主動捐出財產，獲封「紅色資本家」的頭銜，並選爲北京市人民代表和政協代表❽。反右鬪爭時期，她也因發表意見而被劃成右派，由廠長降爲工人，在車間從事體力勞動。文革爆發後，她被剃頭遊街，禁閉在廠，後亦隨女兒遠赴內蒙古。平反後擔任北京東城區政協委員，一九八四年五月一日不幸病逝。

遇崇基夫婦的出身，爲自己帶來悲慘歲月，同時也禍延子女。遇羅錦的哥哥遇羅克學業成績優異，但因家庭成分的關係，兩次考大學皆未上榜，於是在勞動之餘，進行社會調查。一九六六年底，他發表了震撼大陸的〈出身論〉，此文連同日記等，成爲他的最大罪狀，而於一九六七年在工作單位——北京人民機器廠被押，後又遭公安局逮捕，關入北京第一監獄，遇家因此被抄砸五十餘回，不得已搬遷二次。兩年多的時間內，手鐐腳銬磨得遇羅克鮮血淋漓，北京各大機關學校都有他被拉去批鬪毒打的影子，返回死牢內的折磨更無論矣。

一九七〇年三月五日，北京市工人體育場內十萬羣衆與會，人人手舉《毛語錄》，聽到遇羅

❼趙慕槐：〈遇羅錦兄妹悲劇的啓示〉，《中央日報》(國際版)，民國七十五年四月十六日。
❽同❻。

克被宣布為「現行反革命分子，判處死刑，立即執行」。警察勒住他的舌頭，拖往刑場槍決。途中遊街示眾時，中共特別割斷他的喉管，以防止出聲❾。其死狀之慘，有甚於陳若曦筆下的尹縣長。當時他的外婆重病臥床，父母皆遭禁閉，弟妹都在偏遠的農村勞改。遇家的悲劇，此際達到了頂峯。

遇羅克死後，警察要他父親在死刑判決書上簽字，全然不顧其喪子之慟，強行畫押後揚長而去。他的眼角膜被割下，移植在勞動模範身上，此舉自然未經家屬同意，家屬也不得認屍。過去稱讚或推廣遇羅克文章的人，只要公安局獲有名單，一律追查不赦，重則判刑多年，輕則下放農村，株連唯恐不廣。遇羅錦的父母也被迫離開北京，投靠千里之外的女兒，以求糊口。中共驅趕「問題人物」離城的主要目的，是在「淨化首都」，以免污染，此例後來重演於高棉，皆由人民付出了慘痛的代價。

遇羅克因〈出身論〉而致命，該文抨擊「老子英雄兒好漢，老子反動兒混蛋」的觀念，指出「黑五類」分子佔大陸人口的百分之五，他們的子女和近親更數倍於此，不難設想，非紅五類出身的青年人數之衆。中國由於產業落後，一九四九年以前只有兩百多萬名馬克思定義下的無產階級，所以眞正出身於此種血統和家庭者並不多見。一般而論，非紅五類出身的青年不能參軍，不

❾ 羅子：〈遇羅錦的控訴〉，《中華日報》，民國七十五年四月二十八日。

能做機要工作，享受不到同等的政治待遇，甚至成爲準專政的對象，一時多少無辜者，溺死於「唯出身論」的深淵中。

「老子英雄兒好漢」的錯誤何在?在於認爲家庭影響超過了社會影響，看不到後者的決定性作用。遇羅克表示，老師的訓誨，朋友的琢磨，領袖的教導，書報、文藝的宣傳，習俗的薰染，工作的陶冶等，統稱社會的影響，皆非家庭的影響所能抗衡。其實，家庭影響也罷，社會影響也罷，這些都是外因。過分強調影響，就忽略了人能夠選擇自已前進的方向。「你眞的相信馬克思列寧主義是無比正確的嗎?你眞的相信毛澤東思想是戰無不勝的思想武器嗎?你眞的承認內因起決定作用嗎?那麼，你就不應該認爲老子的影響比甚麼比甚麼都強大」⑩。遇羅克銳利的筆鋒，無礙的辯才，使中共當局懼恨不已。他提到馬克思、列寧、毛澤東的出身都不好這一點，尤令中共辭窮。

遇羅克繼而以己身的經驗，說明許多大學幾乎完全不收黑五類子女，其中的重要科系更是如此，學校則以設立「工農革幹班」爲榮。工廠與農村也無例外，出身不好的人便不能做行政、財

⑩ 遇羅克的〈出身論〉於一九六六年十一月油印散播，一九六七年一月在《中學文革報》發表，《四五論壇》十三期轉載，復收入《民主中華——中國大陸民間民主運動被捕者文集》，香港中文大學學生會編印，一九八二年出版，頁一七—三〇。本文引自高準：〈文革以來大陸青年代的反專制思潮〉(上)，《中國大陸研究月刊》，二十八卷第十期，民國七十五年四月，頁五〇。

會、保管等工作，甚至不能夠上初中。社會其他部分亦然，北京街道改選居民委員會，出身是首要條件，連街道辦事處印製的無職青年求業登記表上，也有出身這一項。「出身壓死人」這句話，一點也不假。一個新的特權階層出現了，一個新的受歧視階層也隨之形成了，而這又是先天的，無法更改。「一切受壓抑的革命青年，起來勇敢戰鬪吧」⓫！遇羅克不屈的呼聲，換來自己形體生命的提前結束，也為遇羅錦日後寫作提供了最大的動力。

遇羅克的另一致命傷則為其日記，他對自己暢所欲言，不再打着紅旗，箭頭則直指毛澤東思想：「乒乓球隊獲勝是因為毛澤東政治思想掛帥，那麼，人們不禁要問，籃球隊不也學習毛主席著作嗎？蘇聯隊不是沒學嗎？為什麼中國隊敗給蘇聯呢？講不出來了。這是用政治講不通的問題。知道走錯了路，而又不敢回頭的人，必然用歪理來解釋眞理」⓬。文革時「戰無不勝」的毛澤東思想，至今猶為中共所堅持，卻被遇羅克視同歪理，毛澤東及其門徒的惱怒可知。

遇羅克的干雲豪氣，在日記中也表露無遺，他稱姚文元等人只是跳樑小丑，在歷史面前發

⓫ 同❿，頁五二。

⓬ 此為遇羅克一九六六年五月二十三日所記。同年五月四日他也指出：「共青團中央號召，對毛無限崇拜、無限信仰，把眞理當成宗教。任何理論都是有極限的，所謂無限是毫無道理的。」以上見〈遇羅克日記摘抄〉，原載《新時期雜誌》，一九八〇年第四期。收入《新華月報》，文摘版二十一期，一九八〇年九月，頁一二八—一二九。

抖，此爲後來十惡大審時所印證。「天下之大，誰敢如我全盤否定姚文元呢？誰敢如我公開責備吳晗不進一步把海瑞寫得更高大呢⑬？」遇羅克的左右開弓，使得文革受益派和受害派俱感不滿，鄧小平也曾遭其批判，因此一直不願追封他爲烈士，遇羅錦的不平之鳴也就不絕於口了。

三、遇羅錦的冬天與春天

遇羅錦一如其兄，自幼籠罩在階級世襲的陰影中。十二歲時老師就要她「和家庭劃清界線，檢舉父母的言行」，她與其兄無法做到，於是被認定爲小右派。十七歲時她被點名批判，罪狀是「走白專道路、搞個人奮鬪」，並遭警告處分，在工藝美術學校公告周知。二十歲時文革爆發，遇家七口除了老病的外婆，其餘都被關入不同形式的監獄中，飽受虐待。

遇羅克因文字賈禍，遇羅錦也不例外。她從小到大的二十多本日記，抄家時被送到工作單位的革命委員會，找出其中六句話定罪：㈠對文藝政策要作家寫工農兵、爲無產階級政治服務不滿；㈡對學習雷鋒運動不滿，認爲雷鋒可能是假造的；㈢對「階級鬪爭應年年講、代代講、世世講」不滿，對「反修、防修」不滿；㈣對文革「破四舊」行爲不滿；㈤對毛澤東戴紅衞兵袖章登

⑬ 遇羅克一九六六年二月十五日日記，同⑫，頁一二八。

上天安門城樓、支持紅衞兵「破四舊」不滿；㈥對林彪不滿，又認爲他長得「一臉奸相」。遇羅錦因此被禁閉在廠裏，並多次押到大會場，所見標語是「批鬪資產階級狗崽子遇羅錦反動思想大會」。最後，北京市公安局宣布她「思想反動根深蒂固，勞動教養三年」⑭。在監獄與農場度過這段時光後，她又被下放農村勞改，不准回到城市。

遇羅錦日記裏的六句話，非其一人之冥想，而是廣大民衆的心聲。例如胡風就直接提過第一句話，並指工農兵文學是中共放在讀者和作家頭上的刀子，結果他被囚禁二十四年，死前已爲精神病患。劉賓雁在〈第二種忠誠〉裏也提過第二句話，該文的主人翁之一陳世忠譴責雷鋒式的盲從，並要求毛澤東改正個人崇拜和迷信的錯誤，爲此他受害長達十八年。劉賓雁本人更經常強調第三句話，他說：「一個『階級鬪爭』理論在本無階級敵人的地方，爲什麼能以很多人的尊嚴和健康代價長期通行無阻⑮？」第四和第五句話批評文革，現已爲大陸上的定論。第六句話批評林彪，現亦爲中共黨內外的一致看法。事實證明，遇羅錦的觀點都禁得起考驗，她卻付出了慘痛的代價。總計從五歲到三十八歲，她或家人成爲每一次政治運動的犧牲者，悠悠三十餘載，根本不以四人幫統治的十年爲限。

---

⑭ 同⑤。

⑮ 引自辛聞集：〈劉賓雁要求文學描寫人性〉，香港《明報》，一九八一年五月二十八日。

遇羅錦曾以一年爲期，十四易其稿，寫成了〈一個冬天的童話〉⑯。該文既出，激起廣大的迴響，也改變了她的後半生，從此以創作名世。總計她在出國前，還發表過〈春天的童話〉、〈乾坤特重我頭輕〉、〈那遠逝了的……〉、〈胖二姨〉、〈不協調的歌〉、〈童年〉、〈幸福，是人人可以爭取到的〉、〈天使〉、〈求索〉、〈小娜的愛情〉、〈記名中醫趙紹琴〉、〈記篆刻藝術大師王十川〉、〈「無情的情人」拍攝散記〉、〈相識在今天〉〈「春天的童話」寫作之後〉、電影劇本〈冬天的童話〉、〈愛之魂〉、〈說眞話難，寫眞話難，發表眞話難乎其難〉、〈假如我當總經理〉、〈我和我的孩子〉、〈冬天不會再來〉等二十多篇小說、報導文學和隨筆。由於主要作品皆以童話命名，因此她自稱童話大王。

「我寫出這篇實話，獻給我的哥哥遇羅克」，〈一個冬天的童話〉的卷首語，點明了小說的主題。不過，作者全家的悲劇和個人的婚姻生活，也都囊括在故事裏，其中尤以對純情的渴慕，顯現了女性文學細緻的風貌。遇羅錦在追求與幻滅之餘，強自振作，寄望於來日：「又一個夜晚即將降臨，但夜再長也會亮的。哥哥，春天會來的！」

春天未到之前，遇羅錦卻飽嘗辛酸，備受歧視。她痛感於思想是要被鏟除的，軀殼是要被凌

---

⑯〈一個冬天的童話〉原載《當代雜誌》，一九八〇年第三期。收入《新華月報》，文摘版二十一期，一九八〇年九月，頁九四－一二七。

辱的，還有什麼屬於自己呢？文革期間她就挨過紅衞兵的木槍與皮帶，然後送到廠裏揪鬪，再扭送北京市公安局，判刑後押往良鄉監獄，一年後又押往茶淀清河農場勞改。遇羅錦不明白，寫日記犯了什麼罪？沒有任何行動，它危害了誰？更重要的是，一個人的日記除了自己，外人沒有任何權利閱讀，遑論定罪？在那個無法無天的時代，提出上述疑問不僅徒勞，而且加罪。遇羅錦早在十一歲被指爲小右派時，就已經知道這個經驗了。

一九八一年十月，〈春天的童話〉⑰也在五次修改後定稿，而於次年發表。這篇小說不但自剖了作者的情感，也暴露了《光明日報》副總編輯馬沛文的虛僞卑劣，因此驚動了中共中央，由宣傳部副部長親自出馬鎭壓，《北京晚報》、《中國青年報》、《羊城晚報》、《南方日報》、《廣州文藝》、《作品》、《文藝報》等都加入圍剿的行列，遇羅錦所獲的罪名包括「嚴重的錯誤思想傾向」、「宣揚資產階級腐朽的婚姻、家庭倫理道德觀」、「宣揚極端的個人主義」、「性開放」、「杯水主義」、「發洩個人不滿情緒，揭露他人陰私的文學」等。與此同時，中共卻將馬沛文撤職查辦，無異證明了她所言不虛。

馬沛文比遇羅錦大二十五歲，何以會一度獲得這份忘年之愛？遇羅錦在小說中不斷自問：是因爲她想得到的溫暖太少，而老年人積存的熱量既多又牢靠？是因爲她想當個孩子，在愛人面前

⑰ 〈春天的童話〉原載《花城雙月刊》，一九八二年第一期，一九八二年一月出版，頁一四一—二二一。

隨意撒嬌和蹦跳？是因爲此時她雖然只有三十三歲，臉上卻不乏皺紋，找個老年人比較保險，不用擔心對方以貌取人？是因爲她渴望的愛比誰都多，想從一人身上得到夫愛、父愛與師長的愛？是因爲和老人在一起有安全感，能帶她這最不明世故的人繞過各種政治暗礁？遇羅錦心中還有一個小小的隱秘——她這種出身的人若和「老革命」結合，本身就是對血統論的挑戰⑱。

然而遇羅錦所託非人。據小說中的徐書記見告，馬沛文祖籍陝北，從小就受家人寵愛，加入共產黨後從未到過前線，一直在根據地的後方，沒有經歷過槍林彈雨。因爲有點才氣，又會見風轉舵，得到中共一些要人的歡心，培養他上過魯迅藝術學院，然後搞宣傳工作，分發到報社。隨着每次政治運動，他的地位不斷變化，由一個小小的編輯，爬上了副總編輯的職位。

一九五七年反右鬪爭時，馬沛文是抓右派的急先鋒，他早就將一些人的言論記在小册子裏，揭發的那一刻，在場者無不大吃一驚。文革時他不但整老幹部，還緊跟着當局的意旨行事，在報紙上積極批判劉少奇和鄧小平，並在每次會議上發言，受寵於四人幫。他有一定的手腕，叫手下出面攻擊，自己卻表示關心受害者，以致長期以來無人識破眞相。馬沛文對待遇羅錦的態度亦然，一面虛與委蛇，一面用別人的名義，在「內部參考」中指其爲「一個墮落的女人」。遇羅錦終於洞悉此事，憤怒自所難免。

⑱同⑰，頁一八三。

遇羅錦在比較自己的作品時指出，〈一個冬天的童話〉是「期望之作」，想從孤獨中挽救自己，以爲只寫溫暖事物就是好的。〈春天的童話〉是「失望之作」，敢於寫出人的不完美。而最近脫稿的〈在中國，一個結過三次婚的女人的自述〉，則是「無望之作」，任何期望、奢望與慾望都沒有，只知作家應置己身於度外，執筆時必須求實」。遇羅錦認爲世上沒有爲自己寫作這件事，只有爲了別人，才有藝術，人們也因此而尊敬作家。寫作意在揭露，揭露爲了改變——改變一切應當改變的東西。用透明性代替每個人的秘密，主觀生活與客觀生活一樣，都將彼此完全提供。那種不信任、無知和恐懼的矜持心理，要用文學之筆盡快掃光⑲。

由此可知，遇羅錦的文學觀接近魯迅，後者寫小說的目的在揭出病苦，引起療效的注意。這種寫實主義已成爲中國現代文學的主流，遇羅錦顯然沒有背離，但她同時強調社會和諧的重要，明白指出創作動機是爲了愛——爲使自己和別人更能領受自由、認識自由的那種博大的愛，並使世界能夠透明多一些，虛僞少一些。總之，爲了愛而創作與生活。此與主張階級鬪爭的黨性文學，自然大相逕庭。

一九八〇年十月，遇羅錦初識其讀者吳范軍。次年四月再度見面，收到他的文章，題爲〈論

---

⑲ 查艾克、勵心：〈狂歡節中訪遇羅錦〉，香港《九十年代月刊》，一九五期，一九八六年四月，頁八三。

遇羅錦的離婚案〉，深感立論之深刻。吳范軍慨然指出，對於一個不乏工作能力和自主意識的少女而言，不得不透過結婚的途徑來謀生，這種屈辱比起《紅樓夢》中因婚姻受到干預而產生的悲哀，更加一層恥痛。如果婦女本來就不是附屬品，也不是商品，那麼她以破釜沉舟的決心去尋求愛，這是無可非議的⑳。吳范軍早年也被劃成右派，他雖爲工程師，對文學的素養卻不落人後，也肯定遇羅錦的作品是「實話文學」。「陰私文學」與「實話文學」之分，正是大陸官方與民間認知之別。吳范軍後來成爲遇羅錦的丈夫，這份遲來的幸福，使得遇羅錦的春天不再是童話而已。

在此之前，遇羅錦曾爲生活所迫，結過兩次無法論及感情的婚，她都不甘就範，也不像托爾斯泰筆下的安娜·卡列尼娜一樣選擇死亡，而以衝決網羅的精神申請離婚，結果被中共宣布爲「墮落」，批鬪經年。「中國婦女聯合會」和「中國婚姻家庭研究會」，以及高級法院、中級法院等，一說到「反對性解放」和「堅決不容許第三者插足破壞別人的家庭」，就舉遇羅錦爲第一個反面典型，說她的愛情觀是最無政府主義、最不道德、最損人利己的，是資產階級式的。遇羅錦回憶她被圍剿的情況：「除了我自己，人人都在爭論我到底幸福還是不幸福，人人都在討論我到底該離還是不該離，人們在我道德品質的醜惡與非醜惡上，爭得面紅耳赤，以對我的態度，來

⑳ 遇羅錦：〈我的第三次結婚〉，《聯合報》，民國七十五年四月十日。

顯現他們自己的道德面貌[21]。」此語一針見血，說明了批評者的心態。

在自由世界，離婚不必涉及道德問題，尤其與政治無關。在極權世界，統治者則以淸敎徒自居，頒布近乎黨中央的文件，發動所謂輿論圍攻，全然不顧新約所載耶穌要人放下石塊的故事。遇羅錦在投訴無門後，只看見她眼前和四周的人們墮落到什麼地步。也因此，她勇往直前，選擇了自由。

四、結論

恩格斯曾經指出，傅立葉第一個表明了這樣的思想：在任何社會中，婦女解放的程度是衡量普遍解放的天然尺度[22]。傅立葉認爲社會進步與婦女走向自由的程度相適應，而社會秩序衰落與婦女自由減少的程度相適應。換言之，婦女權利的擴大是社會進步的基本原則。恩格斯推崇此種觀點，譯印恩格斯著作的中共卻難免受窘於此種觀點，遇羅錦的遭遇卽爲明證。

毛澤東有生之年經常強調要提高婦女地位，時至今日，中共仍然宣稱「婦女半邊天」，儼然

[21] 遇羅錦：〈一切爲了愛——赴歐雜感〉，《聯合報》，民國七十五年四月四日。

[22] 恩格斯：《反杜林論》，中共中央馬克思、恩格斯、列寧、斯大林著作編譯局譯，人民出版社，一九七〇年十二月第一版，一九七三年二月北京第三次印刷，頁二五七。

以解放婦女爲職志，但在政治考慮優於一切的情況下，遇羅錦從未享有公平的待遇，因此成爲中共口號下一個顯著的例外。遇羅錦深感許多女人是被捧出來的，她卻是被「棒」出來的，用棒子換來偌大的名氣，可謂社會的寵兒，爲此她衷心感謝棒子先生們。她沒有靠自己是女人去爭取一切，而代之以人類應具的毅力、努力和眞誠，因此一次比一次樂觀。如果一定要用男女之別去衡量做人的難易，她倒覺得女人較佔優勢；正因忘了自己的性別，所以她才比一般女人辛苦。做女人尚非難事，她體會最深的是：說眞話難，寫眞話難，發表眞話難乎其難㉓。

遇羅錦的所有作品皆可以「實話文學」四字涵蓋，她當然追求寫眞的自由。恩格斯曾經預言，進入共產主義社會之後，人類將由必然的王國躍向自由的王國。必然是自由的反義，接近於黑暗一詞。結果，蘇聯數十年來不但沒有變爲自由的王國，反之，過去尚有微量自由的帝俄，換成絕無自由的蘇維埃。中國大陸的情況亦然，霍布斯根據新約所描述的黑暗王國，活生生出現在東亞大地上。歷史既然倒退，自由也就有罪了。不同的是，過去的黑暗王國中遍布了渾渾噩噩的子民，遇羅錦卻以一人敵一政權，直欲衝決網羅而後快。她努力了，她成功了。

遇羅錦的行動令世人想起裴多非的名句：「生命誠可貴，愛情價更高；若爲自由故，兩者皆

㉓ 遇羅錦：〈說眞話難，寫眞話難，發表眞話難乎其難！〉，香港《鏡報月刊》，九八期，一九八五年九月，頁五七。

可拋。」裴多非以詩人兼革命家，久被匈牙利人民視爲爭取自由的象徵，其詩也爲該國帶來文學革命。他常從民謠中擷取題材，介紹一種直接率眞的風格，一種明朗未飾的結構，表現出寫實的特色㉔。遇羅錦作品的風格與結構，也和裴多非相當接近。若與中國作家相較，遇羅錦的信仰和徐志摩可謂不約而同，都在追尋愛、自由與美。「自由的秘訣在勇敢」，裴瑞寇斯兩千多年前的雋語，今由遇羅錦證之。遇羅錦事件以悲劇始，以喜劇終，爲大陸作家譜出了一部重要的啓示錄。

㉔ 參看周玉山：〈裴多非的名詩〉，收入《文學邊緣》，臺北東大圖書公司印行，民國七十二年一月出版，頁五〇。

劉賓雁與王若望

一、前　言

北風肅殺，山雨已至。大陸傳來消息，作家劉賓雁和王若望又遭嚴厲批判，並皆已被中共開除黨籍。時序初入一九八七年，神州大地的冬天到了，春天何其遙遠！

劉賓雁與王若望誼屬文友，有志一同，雖然皆已年過耳順，但都保有赤子之心，憂患之念。一九八二年，王若望曾撰文聲援劉賓雁的〈人妖之間〉；一九八五年，劉賓雁也表示要為王若望寫專題報導，惺惺相惜之情可見。如今兩人同時蒙難，且為舉世關切，當更無寂寞之感了。

二、劉賓雁的「忠誠」

劉賓雁原籍哈爾濱，一九二五年二月七日出生於吉林省長春市，九一八事變後家境艱困，幾度輟學，最後的學歷是高中一年級。一九四三年在天津參加共產黨領導的地下活動，次年成爲中共黨員。一九四六年回到原籍，參與東北的土地改革運動。一九四八年起，先後在瀋陽從事中學教育、幹部教育與共靑團工作，並翻譯了「眞理的故事」、「紅領巾」、「小雪花」、「在西伯利亞某地」等蘇聯劇本。一九五一年到北京，先後擔任《中國靑年報》學習修養部、採訪部、工商部的主編與編委，多次採訪大陸各地的工業和城市生活，批評官僚主義和特權現象。

在文學創作方面，他於一九三九年發表第一個短篇小說，獲報紙徵文獎。一九四三年起中斷寫作，一九五六年重新執筆，發表〈在橋樑工作上〉和〈本報內部消息〉，揭露社會主義的黑暗面，批判共黨幹部的保守主義和官僚主義。同時還發表〈道是無情卻有情〉長文，爲王蒙〈組織部新來的靑年人〉辯護，強調社會主義文學不應粉飾生活，而應大膽揭示矛盾與衝突。一九五七年，他被打成右派，作品被劃爲毒草，遭受批鬥中斷寫作。一九五八年，在山西、山東和北京的農村被勞動改造。一九六一年起，回《中國靑年報》國際資料組工作，編寫蘇聯社會生活狀況。一九六九年起，在五七幹校勞改。一九七六年十月後，他獲得平反，次年發表了〈關於「寫陰暗面」和「干預生活」〉等文。一九七八年後，在社會科學院哲學研究所工作。一九七九年，所撰〈人妖之間〉轟動海內外。一九八〇年，分別出版《劉賓雁報告文學選》和《劉賓雁報告文學集》，並已擔任《人民日報》記者❶。

劉賓雁復出後不改其志，主張以文學爲媒，做不平之鳴，強調眞實之必要，並以關懷民間疾苦爲己任。由於大陸文壇受到中共的壓制，使得反映現實生活的作品日少，粉飾太平的文詞日多，他深爲此憂，所以和魯迅一樣，矢志寫不瞞不騙的文章。他雖然身爲《人民日報》記者，卻直言大陸報紙「還不成爲眞正的報紙」❷，原因就是中共以蘇聯爲師，認定刊登光明的消息就能造成良好效果。他自己寫作則着重揭開事件，並探討何以發生，讓讀者理解大陸社會受到破壞，許多地方需要「改造」。這樣當然觸犯一些人，不悅之餘會告他的狀，因此他一面寫，一面做自己的律師。

大陸律師的境遇又如何？劉賓雁在〈我的日記〉裏透露，遼寧省台安縣的四名律師中有三人被捕。他們隨時被制止辯護，趕出法庭，甚至當場帶上手銬抓走。律師王百義即遭四公分粗的大黑繩五花大綁，遊街示衆後才收監，此時還有人鳴放鞭炮以示歡慶，而主持這個儀式的，竟是該縣司法局長。毛澤東過去接受史諾訪問時，就直承自己是和尚打傘——無法無天，現在他和四人幫早已隨風而逝，無法無天的事件卻在大陸重演，而且層出不窮，這與文革時期又有何異？

❶「劉賓雁」，收入《中國文學家辭典》現代第二分册，北京語言學院《中國文學家辭典》編委會編輯，四川人民出版社，一九八二年三月第一版，頁二一五。

❷〈劉賓雁語錄〉，香港《明報》，一九八五年十月四日。

大陸缺乏民主法治，特權造成悲劇，其根源是階級鬪爭的擴大化，以致損及人民的幸福，加深了猜忌和仇恨。劉賓雁慨然指出，以無產階級的名義殘害無產階級，以人民的名義殘害人民，以革命的名義推行反革命陰謀，此類事例不勝枚舉。其實早在延安時期，王實味就以〈野百合花〉透露了相似的醜惡，蕭軍也發表〈論同志之「愛」與「耐」〉，表示接觸越多，越感覺同志愛的稀薄，甚至「同志的子彈打進同志的胸膛」！三十多年後白樺在「苦戀」中，也道出了一樣的心聲：「既然是同志、戰友、同胞，何必要給我設下圈套？」共產黨以無產階級的先鋒隊自命，結果無產階級在其統治下亦不能倖免於難。魏京生即為一例。劉賓雁不禁質問：成羣的工人，包括優秀的工人，遭到人身侮辱和摧殘，這種狀況延續經年，為什麼至今得不到公正的處理？階級鬪爭理論在一個本無階級敵人的地方，為什麼能以很多人的尊嚴和健康為代價，長期通行無阻❸？按階級鬪爭本為馬列主義的核心，毛澤東曾經高呼「千萬不要忘記」，劉賓雁卻反其道而行，鼓吹此種階級熄滅論，自為迄今仍堅持毛澤東思想的中共當權派所忌恨。

劉賓雁服膺寫實主義，主張文學是生活的鏡子，反映出不美好、不如意的事物時，不應責怪鏡子，而應追究並消滅那些令人不快的事實。此種「寫眞實論」在文革時被指為與毛澤東思想對立，因此飽受打擊。然而四人幫覆滅後的一九八一年，劉賓雁又受到新的批判，指其視眞實性為

❸　辛聞集：〈劉賓雁要求文學描寫人性〉，香港《明報》，一九八一年五月二十八日。

文藝的唯一尺度和最高標準，不符合列寧論托爾斯泰的原意，也代表一種輕視革命理論的普遍傾向❹。由此可知，劉賓雁復出後之被批，不自一九八五年始，只是後來這次較嚴重，且爲外界廣聞罷了。該年九月的香港《鏡報月刊》指出，七月十五日，劉賓雁在《人民日報》記者部的例行會議上宣布退出文壇。稍後，北京來人表示對此事無所悉，一時成爲懸案。可以確定的是，劉賓雁所撰〈我的日記〉和〈第二種忠誠〉，發表後都遭中共干擾，使其飽受打擊。

一九八五年二月，上海《文滙月刊》開始連載〈我的日記〉，同年六月，該刊宣布日記因主人翁出國訪問而於下期起暫停，結果劉賓雁出國受阻，連載也不見恢復。他在文中指出，一九四九年起，「自由」一詞就從大陸的語言中消失了，後來「幸福」的命運亦同。就他的記憶所及，似乎只有在攻擊自由主義和資產階級自由民主思想時，才能碰到這個名詞。證諸今日，果然不爽。提到創作自由，他認爲是文學的生命線，文學先天具有一定的批判精神與內容，這並不妨礙它讚頌眞善美，反而使讚頌具有更大的說服力與感染力❺。此語禁得起中外文學史的考驗，但中共既視自由爲無物，就不惜加以封殺了。

〈第二種忠誠〉影響之廣，反彈之大，更甚於〈我的日記〉。該文初見於一九八五年三月的

---

❹ 原載《文藝研究雙月刊》，一九八一年第五期。引自〈北京點名清算名作家劉賓雁〉，香港《明報》，一九八一年十二月二十九日。

❺ 劉賓雁：〈我的日記〉（一九八五年一月三日），香港《明報》，一九八五年十月四日。

《開拓雜誌》，不久中共即令該刊暫緩發行，續篇也被勒令抽除。〈第二種忠誠〉觸怒了最高當局，領導人物爲此口出惡言，劉賓雁不禁慨嘆：「豈止是失望，簡直是絕望了❻。」何謂第二種忠誠？劉賓雁認爲世上有兩種忠誠，一是坐享其成的，二是需要犧牲的，文中的陳世忠和倪育賢選擇了後者。

陳世忠一向品學兼優，曾赴蘇聯求學，回大陸後目睹一系列左傾言行造成的惡果，焦急之餘在一九六三年寫信給毛澤東和赫魯曉夫，呼籲兩黨求同存異，共同對敵。稍後他企圖進入蘇聯大使館，結果以「現行反革命」罪名被捕，坐牢時又寫了三萬餘字的「諫黨」長文，向毛澤東和中共中央提出最懇切的忠告，要求改正個人崇拜和個人迷信的錯誤，並譴責雷鋒式的盲從。遲至一九八一年，他才獲平反，又立刻寫信替難友李植榮伸寃，李原是國民黨軍官，後轉任體育教師，一九五七年反右時被捕，罪名是「反革命」，服刑期間順從賣力，卻遭共軍殺害。劉賓雁反映此事，自爲強調「槍桿子裏出政權」的中共所不滿。

倪育賢則在十八歲從軍，到部隊後以津貼節餘，購置了全套的馬恩列史毛選集，越研讀越發現，馬列主義基本觀點與中國社會實踐之間的衝突極爲尖銳。他調查了「大躍進」後安徽籍戰士家中餓死人的實情，上萬言給毛澤東和中共中央，直指國民經濟困難的根本原因不是天災，而是

❻ 呂月：〈劉賓雁宣佈退出文壇〉，香港《鏡報月刊》，總第九十八期，一九八五年九月，頁八。

人禍，因此請求中共立卽調整農村人民公社的生產關係，結果被指爲修正主義。文革時期他就讀上海海運學院，曾保護老院長，並力批張春橋。鄧小平下台時，他爲之喊寃，因而坐牢；鄧小平復出時，他卻被判死刑，後終獲釋，但在單位中依然受壓，也仍不屈服。

劉賓雁替陳世忠和倪育賢立傳，認爲兩人因忠誠所付的代價是自由、幸福甚至生命，所以更爲可貴。然而中共寧見那種唯命是從的諾諾，怕見這種特立獨行的諤諤，加上毛澤東身兼中共的列寧和史達林，過度鞭毛無異動搖黨本。職是之故，劉賓雁「揭出病苦，引起療救的注意」，乃成一大罪狀。〈第二種忠誠〉可謂一九八五年版的「苦戀」，劉賓雁本人於一九八七年也因這種角色再遭整肅，凡此皆使世人明瞭，中共對待改革者猶且心狠，非共或反共人士在其統治下的命運更可預卜了。

一九八六年一月，〈第二種忠誠〉的主人翁之一倪育賢來到紐約，在中國民主團結聯盟主席王炳章的陪同下會見記者，讚揚了臺灣的經濟發展，也補充報告了自己的身世。他的父母都是醫生，父親在文革時飽受衝擊，幾至喪命。早在一九八二年，他卽申請來美進修，但是學校黨委從中作梗。〈第二種忠誠〉刊出後，他成爲新聞人物，在美國領事的協助下，一月十六日取得簽證，一刻也不敢停留，十七日卽飛來美國，而其妻與二子都支持此舉。言念及此，他不禁悲從中來，憶起大兒子七歲那年，校方發現一張反動傳單，賴定是小朋友寫的，因此威嚇有加。如今骨肉分離，聚期難卜，他難免感傷。倪育賢抵美後，繼續關切大陸的局勢發展，析論一九八六年底的學生運動時，指爲社會矛盾的總爆發，焦點在於大陸的權力名義上屬於人民，實際上操在少數人手中。「這一次學生們提出要求民主，要求新聞自由，迫使當政者非解決這些矛盾不可」❼。倪育賢如是說，不想中共的解決之道，卻是將敢言的知識分子開除黨籍，民主自由更見退步。

倪育賢在美國的言行，多少給劉賓雁帶來了困擾，爲此他曾聲明，對倪育賢的談話不負任何責任。雖然如此，劉賓雁仍然強調創作自由的重要，並以三十年代的蘇聯爲殷鑒。蘇聯當初也是步步爲營，先掃除外國的自由化作品，然後及於本國，最後單一化，他希望此例不再重演於大陸。「我的一些朋友多年來勸我不要寫，怕我今後會有庥煩。但經過這幾年，我也生存下來了，並且我的情況目前也比去年好。去年接二連三出了事，外面流言也很多，甚至說我連記者也當不了了。現在我不僅是記者，而且是在六十歲以上的人該完全離休的情況下，被留任下來的五個人之一，都是高級記者」❽。劉賓雁此語發自一九八六年暑期，結果不過半載，中共又摧毀了他的樂觀。

一九八〇年八月十八日，鄧小平在中央政治局擴大會議上宣稱，要從事經濟和政治方面的改

❼ 鄭心元：〈美國華人學者關切中國民運〉，香港《百姓半月刊》，一三五期，一九八七年一月一日，頁四。

❽ 關愚謙：〈劉賓雁談文藝與改革〉，香港《九十年代月刊》，二〇一期，一九八六年十月，頁八一。

革，解決黨政不分、以黨代政的問題，肅清官僚主義的弊端❾。劉賓雁當時頗覺與奮，因爲多年來他正以批判官僚主義爲職志。結果改革僅及於經濟，好比兩腿一長一短，自然會產生阻力。他舉例說，「破產法」就遇到了問題，工廠破產，廠長本有責任，但因上有領導，廠長不能作主，所以難負全責，這就是政治體制問題，說明政治改革是經濟改革發展的必然趨勢。「文革結束到現在已經十年了，而政治體制仍跟一九六五年基本相同，法制不配套」❿。此說不啻否定了鄧小平的畫餅，後者老羞之餘，就在一九八七年動怒了。

劉賓雁曾在自傳中透露，當他的臉上尚未出現一道皺紋時，手掌就預告其一生將充滿憂患。「至今我還沒見過一個人手掌像我這樣佈滿了密密麻麻、縱橫交錯的紋路。大人說：這孩子將來操心的事準多⓫！」單是他「改正」後當月寫出，而於一九七九年三月發表的〈關於「寫陰暗面」和「干預生活」〉，就夠打成一次右派了，寫一篇和一百篇的命運相同，還是多寫些划算。

---

❾ 鄧小平：〈黨和國家領導制度的改革〉（一九八〇年八月十八日），收入《三中全會以來重要文獻選編》，中共中央文獻研究室編，北京人民出版社出版，吉林人民出版社重印，一九八二年八月第一版，一九八二年九月吉林第一次印刷，上册，頁五一九。

❿ 同❽，頁八〇。

⓫ 劉賓雁：〈我的自傳〉，收入劉賓雁：《論文學與生活》附錄，人民文學出版社。引自香港《九十年代月刊》，二〇一期，一九八六年十月，頁八一。

同時他心中另有一個算計：大家越是多寫反「左」和撥亂反正的作品，發動一場新反右鬥爭的可能性也就越少。「可惜有些朋友對這個算題得出的解答不一樣」⑫。「有些朋友」其實卽指官方人物，果然彼等的想法與劉賓雁不同，撥亂反正的作品一多，中共就變臉反撲，再度發動了反右鬥爭。

大陸上流行「有權不用，過期作廢」之說，劉賓雁聯想起創作自由也是同理，旣然有了七分自由，爲什麼捨不得用，只肯花掉三分？「它和錢不同，有點像空氣，儲蓄也白搭。自由這東西，與許還越用越多呢⑬。」此說頗異於中共的淸規戒律，舉一九八五年的「作協」新章程爲例，與「保證創作自由」列於同條的，卽要在中共的領導下，以馬列主義和毛澤東思想爲指導，可謂顯露了陷阱與矛盾。劉賓雁絕口不提堅持四項基本原則，反以人類不可或缺的空氣比之創作自由，其離經叛道的罪過，彰彰在中共耳目，受批實屬難免。

三、王若望的「反骨」

王若望原籍江蘇省武進縣，出生於一九一八年三月一日，本名王壽華，後以筆名行世。一九

⑫同⑪。
⑬同⑪。

三三年在上海一家藥廠當學徒，同時加入共青團。次年被當局逮捕，判刑十年。一九三七年八月獲釋，即奔赴延安，入陝北公學，同年十月成爲中共黨員。曾任西安工委委員、寶鷄縣委書記等職。一九四九年後，擔任過上海總工會宣傳部副部長、華東局宣傳部文藝處副處長、上海柴油機廠廠長、上海作家協會黨組組員、理事，以及《文藝月報》副主編。

一九三三年春，他開始在《新聞報》發表雜文，次年加入中國左翼作家聯盟，編輯地下刊物《職掌生活》。被捕後寫了〈獄中之歌〉等詩作，其中〈義勇軍歌〉由周巍峙譜曲，風行全國。一九三八年，擔任武漢的《新華日報》特約通訊員，發表了〈意想不到的殘暴〉等文。一九四二年，在胡風主編的《七月雜誌》上發表小說〈站年漢〉。一九四三年，在山東《大衆日報》上連載〈毛澤東的故事〉。一九四五年，在山東創辦並主編《文化翻身半月刊》。一九四七年，出版短篇小說集《呂站長》。一九四九年以後，出版了散文《赴朝慰問記》，中篇小說《鄉下未婚夫》等。他的現代京劇「紙老虎」，是第一齣用此種形式表達當代國際政治鬪爭的戲。所撰少年讀物《阿福尋寶記》，後來也改編成電影。一九五七年，因雜文〈步步設防〉、〈一板之隔〉、〈釋落後分子〉等，被劃爲右派。文革時更遭殘酷迫害，被監禁四年。一九七九年獲得平反，任《上海文學》編輯部副主任[14]。

---

[14] 「王若望」，收入《中國文學家辭典》現代第二分册，同[1]，頁六七。

由王若望的簡歷可知，他過去歌頌過毛澤東，渲染過「解放區」人民擁護共產黨的情景，支持過「抗美援朝」，也譴責過「一切帝國主義」，可謂忠貞的共產黨員。正因他對共產黨愛之深，所以在毛澤東的號召下慷慨建言，結果成爲「陽謀」的祭品，三十年來又不斷遭受打擊，此次被中共開除黨籍，成爲一九八七年大陸作家中的第一人，對他本人來說，則非首度經驗，至今已覺不新鮮了。

一九八一年初，中共中央下達了第七號文件，顯示其對文藝的收風。二月，「苦戀」的作者白樺遭到點名批判。三月二十日《人民日報》指出下面兩句話出自一種「偏激情緒，錯誤觀點」：「不是我不愛國，是祖國不愛我。」此二語悲憤無奈，正是「苦戀」裏問話的翻版。四月二十日，《解放軍報》全力攻擊「苦戀」，《北京日報》、《解放日報》、《紅旗雜誌》等隨即跟進，造成白樺事件。中共在展開批判時強調，「苦戀」的出現並非孤立現象。的確，一羣爲民請命的作家，成爲八十年代大陸文學創作的主流，除白樺外，還有劉賓雁、王若望等，中共透露他們以身有「反骨」爲榮。四月十七日，《解放軍報》的社論聲言，要清算這些揭露黑暗面的作家，「有的人甚至把堅持黨的領導，維護四項基本原則的文藝工作者誣爲『文學侍臣』，鼓吹作家要『長幾塊反骨』」。類似的鳴放，確也出自王若望之口，因此稍早的四月一日，他卽被《人民日報》點名批判。四月下旬，《解放日報》又見跟進。時距一九七九年的「改正」不滿兩年，及至一九八七年，他又成爲風暴中心。大陸左風循環之速，令人心寒齒冷。

王若望力主文學與政治並非從屬關係，對「文藝是政治的奴婢」、「遵命文學」等大加撻伐。他曾發表〈說假話大觀〉，表示說假話即說謊的同義語，一個人喜歡說謊，其人格就值得懷疑，且不談能否做爲共產黨員了。說假話若形成一種風氣，則上下交相欺瞞，吹牛拍馬者升官重用，大衆傳播報喜不報憂，工作報告千篇一律，「好」字當頭，缺點錯誤永遠是九個指頭和一個指頭之比；爾虞我詐，誰也信不過誰；統計報表弄虛作假，多加一個零也無人糾查，人們早把老實扔在九天雲外了，於是造成「出門說虛話，開會說大話，逢人說假話，夫妻說悄悄話」的格局。一個人偶爾說句假話，其害有限，一家報紙專門登載「形勢一片大好，今後越來越好」的報導和文章，讀者一看便知是假，不信它那一套，其害也是有限。「唯有全黨全國持續了十幾年，維護說一樁假話，即有關樹立大寨紅旗一事，實在是集說假話之大成，蔚爲大觀，其有害之後果稱得上禍國殃民，貽患無窮，乃近代史上之一大笑話，決非虛語也⑮！」此說無異證明共產黨最大之惡是欺騙，然而圓謊不易，終於成爲笑柄。王若望直言揭謊，中共的恨意自濃。

王若望一如劉賓雁，以筆爲鼓，替人鳴冤。他親自調查訪問，材料核實後化爲文字，首篇爲〈功臣乎，罪犯乎？〉發表於一九八四年第三期的《民主與法制》，爲一個有功的女廠長湯麗娟

---

⑮ 王若望：〈說假話大觀〉，原載《花城雜誌》。引自楊懷之：〈王若望痛斥說假話的風氣〉，香港《明報》，一九八一年五月一日。

叫屈。法院原已判她三年徒刑，結果終告無罪獲釋。王若望復出後，至少已撰文兩百二十篇，其中小說只有十篇，餘均爲雜文與文藝評論，即就小說〈飢餓三部曲〉和〈魔笛記〉而言，也都反映了文革的黑暗與愚昧。大陸文藝界說他是未來學的預言家，因爲從一九八〇年起，每年春季總要刮出一道冷風，而爲王若望所不幸言中。「我何嘗樂意每年刮冷風！但願今後永遠摘去這頂倒霉的桂冠。但是事實是：因爲春寒料峭，各個凍得噤若寒蟬」⑯。他在一九八六年口吐此語，後來果然又不幸言中，而且首當其衝的正是他本人。

一九八六年底，王若望對海外記者指出，大陸的政治經濟體制過於中央集權，大小事務都不向人民公開，選舉制度也欠缺民主。同時，他向知識界廣發信函，建議一九八七年二月召開紀念「百花齊放」政策三十周年的大會，凡此更引起中共的忌恨，中央政治局委員胡啓立就指他「宣揚資產階級自由主義，煽動擴大言論自由」⑰，這與「扣帽子」又有何異？一九八七年一月十三日，中共上海市紀律檢查委員會終於開除了王若望的黨籍，並歷數他從一九七九年以來，特別是一九八五年後的罪狀：

一、攻擊社會主義制度，鼓吹走資本主義道路：他否定社會主義建設的成就，否定社會主義制度，指爲「空洞無物的幻想」，「實質是封建的、半封建的」，「不過抹上了馬列主

⑯ 關愚謙：〈王若望談文藝政策及改革〉，香港《九十年代月刊》一九九期，一九八六年八月，頁七九。
⑰ 林同：〈王若望發信串連知識界〉，香港《明報》，一九八七年一月十七日。

義、社會主義的一層油彩」。他認為資本主義生產方式「是中國緊迫需要的」，要「回過頭來再補課」，主張引進資本主義的思想、理論和意識形態。

二、否定黨的領導：他說共產黨就是喜歡權力鬬爭，「共產黨書記什麼也不懂，靠整人吃飯」。他反對黨對文藝的領導，認為「有創作自由，看戲自由，還要你管什麼」，企圖取消共產黨的領導。

三、打著改革的旗號，反對黨的現行政策：他認為粉碎四人幫後，「文化、思想基礎並沒有改變，對『左』的一套紋風不動」。他把反對精神汚染和打擊經濟犯罪，說成一場沒有標籤的政治運動，表示「打擊辦」（打擊經濟領域嚴重犯罪活動辦公室）比四人幫的「清隊」還要嚇人。他說從事改革的人「大部分被打下來了」，中共對個體戶的徵稅是「敲詐勒索」，聲稱要為資產階級自由化辯護，「我就是要自由化，不給我自由，我就要鬬」，並以「資產階級自由化老祖宗」自居，鼓動青年和大學生「跟著自由化走」。

王若望被開除黨籍後，中共展開對他的圍剿，《人民日報》、《解放日報》等都加入戰陣，說他反對四項基本原則，尤其否定兩個核心，也就是主張中國走資本主義道路，反對走社會主義道路；主張多黨政治，反對共產黨的領導，公然背叛與褻瀆了黨綱、黨章與黨紀⑱，也印證了鄧

⑱ 席于生：〈反對四項基本原則為黨紀所不容——批判王若望鼓吹資產階級自由化的錯誤言論〉，《解放日報》，一九八七年一月十六日。

小平的聲明：「資產階級自由化的核心就是反對黨的領導⑲。」依中共之意，王若望不是一時糊塗失言，也不是在某些問題上認識不清，而是長期全面的反黨。因此，鄧小平和毛澤東、四人幫一樣忍無可忍，率領劣幣驅逐了良幣，理所當然地把王若望清除出黨，中共黨內也就更見劣幣充斥了。

四、結　論

王若望與劉賓雁在大陸上有「南王北劉」之稱，他們正好都在十九歲那年加入共產黨，以青年的激情，狂熱獻身，萬死不辭。及至中年，中共已由在野轉爲執政，眞貌逐漸暴露於世，他們乃基於對黨的忠誠，發表諫黨的作品，結果三十年來，分別被毛澤東、四人幫和鄧小平所恨，視彼等的忠誠爲反骨，欲除之而後快。一九八七年一月二十三日，劉賓雁繼王若望之後被開除黨籍，中共就稱兩人是文藝界的腫癌，而且業已割除。此語頗似出自反右和文革時期，鄧小平也就越來越像毛澤東和四人幫了。

⑲ 引自張振陸：〈從王若望的言論看資產階級自由化的實質〉，《人民日報》海外版，一九八七年一月二十日。

人民日報社機關紀律檢查委員會開除劉賓雁的黨籍時指出，劉賓雁攻擊四項基本原則是「陳腐的、曾經把中國幾次引向災難的過時觀念，僵硬的、教條主義的東西，詞句很好，內容是保守的，甚至是反動的」，馬克思主義是「過時的意識形態」，他寫〈人妖之間〉與〈千秋功罪〉，「都是爲了展示一個眞理，就是中國共產黨的腐敗」⑳。中共公布上述罪狀，徒然換來世人對劉賓雁的尊敬，並使我們再度想起盧那查爾斯基的劇本「解放了的唐吉訶德」，它敍述塞凡提斯創造的這位老武士，曾奮力協助所謂革命派，可是等到解放後，他又反對這羣爲目的不擇手段的人：「我預先告訴你們：我只要看見有被壓迫者，凡是被你們壓迫的，就算是用一種新的正義名目來壓迫的，那我一定要幫助他們，就像以前幫助過你們一樣。」

劉賓雁和王若望就像瞿秋白譯介的此劇主人翁，扮演了「我贊成你們，也反對你們」的不屈角色，爲中國文學史增添了光輝。一九八七年一月十三日是王若望的自由日，一月二十三日是劉賓雁的自由日，因爲他們從各該日起成爲前共產黨員。一場擁護與摧殘眞理之戰，就發生在前共產黨員與現共產黨員之間，且必有更多的後者醒覺，加入前者的陣營，向共產黨當局宣戰，並終將宣布十億人民和眞理獲勝。

---

⑳〈中共人民日報社機關紀委開除劉賓雁黨籍〉，《人民日報》海外版，一九八七年一月二十五日。

周揚的肆虐與轉變

一、前　言

一九八九年七月三十一日，周揚在長期臥病後逝世，終年八十一歲。九月五日，追悼會在北京八寶山公墓禮堂舉行，中共送給他「中國共產黨優秀黨員、無產階級革命家、著名的馬克思主義文藝理論家、我國無產階級文化運動的先驅者之一和黨在文藝戰線的卓越領導人」等封號❶，自可謂為哀榮。然而告別儀式遲遲舉行，主要是因為悼詞難以定稿，最後略去了一九八三年清除精神汚染運動時的爭議，他才入土為安。

周揚被魯迅指為「奴隸總管」，後來又有「文藝沙皇」之稱，前半生所獲的評價多屬負面。

❶ 〈周揚同志遺體告別儀式在京舉行〉，《光明日報》，一九八九年九月六日。

晚年則因飽受文化大革命之苦，而有今是昨非的表現。兩相對照，可見大陸文人的曲折心路，和中共文藝政策的衆叛親離，足以鑑往知來。

二、周揚的肆虐

周揚原名周起應，一九〇八年出生於祖籍湖南省益陽縣。一九二七年加入中國共產黨，次年畢業於上海大夏大學，同年冬留學日本。一九三〇年回到上海，參與左翼文藝運動的領導工作，也因此引人詬病。

一九三二年周揚重新入黨，擔任中國左翼作家聯盟黨團書記、中共上海中央局文委書記，兼任文化總同盟書記，並主編「左聯」的機關刊物《文學月報》❷。在此期間，胡秋原先生因主張文藝自由，與「左聯」盟員展開論戰，周揚強調一定要站在無產階級的立場，百分之百發揮階級性和黨派性❸。他另在《文學月報》第四期上化名攻擊胡先生，還辦雜誌發行《批判胡秋原專

❷ 〈周揚同志生平〉，《光明日報》，一九八九年九月六日。

❸ 周起應：〈到底是誰不要眞理，不要文藝？——讀關於「文新」與胡秋原的文藝論辯〉，原載一九三二年十月《現代》第一卷第六期，收入北京大學、北京師範大學、北京師範學院中文系中國現代文學教研室主編：《文學運動史料選》第三册，上海教育出版社，一九七九年五月第一版第一次印刷，頁一五四。

號》，說要劈人腦袋像剖西瓜一樣。不久「左聯」派人訪晤胡先生，說周揚此舉非組織之意，又說中共當時的負責人張聞天曾下令停止攻訐。次期《文學月報》果然刊出魯迅抗議周揚的信，題爲〈辱罵和恐嚇決不是戰鬪〉，指出罵一句爹娘卽揚長而去，還自以爲勝利，簡直是阿Q式的戰法。又「剖西瓜」之類的恐嚇，也是極不對的，「將革命的工農用筆塗成一個嚇人的鬼臉」❹，魯迅斥爲鹵莽之極。

周揚此時不服，指使手下署名首甲、方萌、郭冰若、丘東平四者，判定魯迅帶上了極濃厚的右傾機會主義色彩。「左聯」另一戰將瞿秋白乃有〈鬼臉的辯護〉一文，提出對首甲等的批評，表示願意自己戴上鬼臉的上述四人，卻是「左」傾機會主義的觀點，而魯迅的信「倒的確是提高文化革命鬪爭的任務的」❺。魯迅與瞿秋白自無愛於胡先生，但周揚舉措只不利於「左聯」，故起身相責，這也種下了雙方交惡的前因。

「左聯」是中共策畫成立的，魯迅自始至終未曾加入共產黨，所以只能是名義上的領袖。中

---

❹ 魯迅：〈辱罵和恐嚇決不是戰鬪——致《文學月報》編輯的一封信〉，收入《南腔北調集》，復收入《魯迅全集》第四卷，人民文學出版社，一九八一年北京第一版，一九八一年上海第一次印刷，頁四五二。

❺ 瞿秋白：〈鬼臉的辯護——對於首甲等的批評〉，收入《瞿秋白文集》（一），人民文學出版社，一九五三年十月北京第一版第一次印刷，頁四一一。

共視魯迅爲同路人，尊而不親，他們自有文化運動的路線，並非要魯迅實際領導，最後連表面的尊敬亦蕩然無存。此時爲了配合中共「國防政府」的統戰號召，周揚提出「國防文學」的口號，並且廣爲推展，而有「國防戲劇」、「國防詩歌」、「國防音樂」之說。魯迅對周揚的作風諸多不滿，拒絕參加後者主持的中國文藝家協會，並且提出「民族革命戰爭的大衆文學」，因而有兩個口號之爭。

一九三六年八月，魯迅發表〈答徐懋庸並關於抗日統一戰線問題〉萬言書，做爲兩個口號之爭的總答覆。他駁斥周揚等人對「民族革命戰爭的大衆文學」之否定態度，認爲這個口號並非標新立異，也非與「國防文學」對抗，但意義更明確、更深刻、更有內容。魯迅繼而指出，在「左聯」成立前後，有些所謂革命作家，其實是破落戶的漂零子弟，他們也有不平、反抗與戰鬥，卻往往不過是將敗落家族婦姑勃谿、叔嫂鬬法的手段移到文壇來，嘁嘁嚓嚓，惹是生非，搬弄口舌，決不在大處着眼。魯迅質問，什麼是「實際解決」？是充軍還是殺頭？在「統一戰線」這個大題目下，就可以如此鍛鍊人罪、戲弄威權嗎？「抓到一面旗幟，就自以爲出人頭地，擺出奴隸總管的架子，以鳴鞭爲唯一的業績——是無藥可醫，於中國也不但毫無用處，而且還有害處的」❻。著名的「奴隸總管」一詞，卽出於此。魯迅同時認爲胡風耿直，易於招怨，是可接近的；對

❻ 魯迅：〈答徐懋庸並關於抗日統一戰線問題〉，收入《且介亭雜文末編》，復收入《魯迅全集》第六卷，人民文學出版社，一九八一年北京第一版，一九八一年上海第一次印刷，頁五三八。

周揚之類「輕易誣人的青年，反而懷疑以至憎惡起來了」❼。承襲魯迅風格的胡風，後來果然受盡刼難，死前猶爲精神病患者，代償了魯迅早走的債務。

周揚此時大權在握，黨同伐異，不遺餘力。魯迅在致楊霽雲的信中提及：「因爲不入協會，羣仙就大布圍剿陣，徐懋庸也明知我不久之前，病得要死，卻雄赳赳首先打上門來也。……其實，寫這信的雖是他一個，卻代表著某一羣，試一細讀，看那口氣，即可了然❽。」「某一羣」即指周揚等人，魯迅知曉周揚的身分爲中共所賦予，但仍與之絕裂，不以爲惜。

一九三五年九月十二日，魯迅在致胡風函裏更表露了被壓迫的心情：「一到裏面去，即醬在無聊的糾紛中，無聲無息。以我自己而論，總覺得縛了一條鐵索，有一個工頭背後用鞭子打我，無論我怎樣起勁的做，也是打，而我回頭去問自己的錯處時，他卻拱手客氣的說，我做得好極了，他和我感情好極了，今天天氣哈哈哈……。眞常常令我手足無措，我不敢對別人說關於我們的話，對於外國人，我避而不談，不得已時，就撒謊。你看這是怎樣的苦境❾？」所謂「裏面」是指「左聯」，「工頭」即周揚。胡風曾問魯迅，三郎（蕭軍）應否加入「左聯」？魯迅在同函

❼ 同❻，頁五三五。

❽ 魯迅：〈致楊霽雲〉，收入《魯迅全集》十三卷：「書信」，人民文學出版社，一九八一年北京第一版，一九八一年上海第一次印刷，頁四一六。

❾ 魯迅：〈致胡風〉，收入《魯迅全集》十三卷：「書信」，同❽，頁二一一。

中明白表示，「現在不必進去」，他覺得還是在外圍的出了幾個新作家，有些新鮮的成績，加入則像他一樣苦在其中，這不是魯迅的壯悔嗎？

一九三六年春，中共為了「更好的促使文藝界抗日民族統一戰線的形成」，乃解散「左聯」。魯迅對此頗表不滿，認為倘是同人所決定，方可謂解散；若有別人參加了意見，那就是潰散。「這並不是很小的關係，我確是一無所聞」。「潰散」之說顯示魯迅對中共整個政策的不悅，而非僅向執行者周揚動怒。一九三六年五月四日，魯迅寫信給王治秋時提到：「英雄們卻不絕的來打擊。近日這裏在開作家協會，喊國防文學，我鑑於前車，沒有加入，而英雄們即認此為破壞國家大計，甚至在集會上宣布我的罪狀。我其實也真的可以什麼也不做了，不做倒無罪。然而中國究竟也不是他們的，我也要住住，所以近來已作二文反擊，他們是空殼，大約不久就要銷聲匿跡的⑩。」

周揚銷聲匿跡了嗎？魯迅立下「一個怨敵都不寬恕」的遺囑後，終在一九三六年十月十九日病逝，兩個口號之爭因此暫停，但雙方的恩怨並未了結。當魯迅的遺體移到上海膠州路殯儀館時，中共的文化總同盟派人在附近散發傳單，指摘魯迅有錯誤⑪。這個簡稱「文總」的組織，地

⑩ 魯迅：〈致王治秋〉，收入《魯迅全集》十三卷：「書信」，同⑨，頁三七〇。
⑪ 鄭學稼：《魯迅正傳》，香港亞洲出版社，一九七四年四月再版，頁一一二。

位在「左聯」之上，其黨組書記如前所述，也正是周揚。不久，胡風在葬禮上表示：「魯迅是被他的敵人逼死了的，我們要替他報仇⑫。」胡風後來指責周揚等在文藝界的宗派統治，周揚憑藉權勢鬪倒了胡風。

一九三七年秋，周揚到達延安，歷任陝甘寧邊區教育廳長、陝甘寧邊區文協主任、魯迅藝術學院院長、延安大學校長等職。在此之前，中共就以文藝爲鬪爭的工具，有了安身立命的據點延安後，毛澤東爲求生存與發展，更強調文藝是消滅敵人的武器。一九四二年五月，他在延安文藝座談會上表示，要解決文藝工作者的立場、態度、對象、工作、學習等問題，應站在黨性和無產階級的立場，暴露和打擊敵人，並以工農兵幹部爲工作對象，當務之急則是了解和熟悉工農兵，同時要學習馬列主義等⑬。至此，中共確定了文藝爲工農兵服務的方針，將其進一步政治化與教條化，等於一個自由寫作時代的全盤結束。毛澤東明白訓令，「還是雜文時代，還要魯迅筆法」的觀念，不適用於中共統治區。所以他雖設立魯迅藝術學院，卻派魯迅的死敵周揚爲院長，在表面崇魯的背後，極力扼殺其弟子延續下來的抗議精神。

毛澤東正式對文藝工作者的磨刀霍霍，即始於延安文藝整風。老布爾希維克的王實味，因發

---

⑫ 引自《沫若文集》十一卷，人民文學出版社，一九五八年北京第一版，頁一八七。

⑬ 毛澤東：〈在延安文藝座談會上的講話〉，收入《毛澤東選集》第三卷，人民出版社，一九六六年九月北京第二十二次印刷，頁八五三。

表〈野百合花〉，暴露了延安的醜惡和冷淡而被開刀。稍早丁玲發表〈三八節感言〉，對解放區婦女受共產黨壓迫的情況略加報導，後來也被迫認錯。以小說《八月的鄉村》聞名的蕭軍，也在《解放日報》發表〈論同志之「愛」與「耐」〉，把中共的派系鬥爭比做「同志的子彈打進同志的胸膛」。蕭軍來自東北，曾為「左聯」的寵兒，魯迅也為其出書，雙方交情甚篤。一九四六年他到哈爾濱主編《文化報》，再度揭發共產黨在東北的暴行，終被整肅。

毛澤東發表文藝講話的目的，在命令作家穿制服練刀槍；箭頭指處，則是不願穿制服練刀槍的作家。延安文藝座談會本為清算王實味等人召開，周揚則充當毛澤東的馬前卒，提出〈王實味的文藝觀與我們的文藝觀〉，直謂王實味本算不了什麼文藝家，但發表了對文藝非常有害的意見，不容漠視，必須揭發。王實味的罪狀何在？在他是一個化裝了的托派，文學見解和老祖宗托洛斯基一模一樣。鼓動藝術界和青年的力量來反對共產黨，反對無產階級革命，這就是浸透在王實味每篇文章、每句話、每個字裏的精神與實質。「王實味並不是甚麼值得多提的東西，但和王實味的思想作鬭爭，卻是我們自我教育的好材料」⑭。此種批評文字，格調不可謂高，尤以「托匪漢奸」的惡名冠在王實味身上，無異判其死刑。周揚贏得「文藝沙皇」的稱號，良有以也。

王實味撰寫〈野百合花〉的初意，在向中共勸諫，期望良藥苦口利於病，結果毛澤東率領周

⑭ 周揚：《表現新的羣衆的時代》，新華書店發行，一九四九年十一月北京初版，頁三六。

揚以次，先後發起延安文藝座談會、中共中央研究院的鬪爭大會，不久就將王實味投入獄中。至一九六二年一月三十日，毛澤東在擴大中共中央會議上親口說明：「還有個王實味，是個暗藏的國民黨探子，在延安的時候，他寫過一篇文章，題名〈野百合花〉，攻擊革命，汚衊共產黨。後來把他抓起來，殺掉了⑮。」毛澤東在〈延安文藝講話〉中自承，所持是功利主義的態度。王實味被鬪時要求退黨，走自己的路，原因正是「個人與黨的功利之間的矛盾，是幾乎無法解決的」⑯。此種抗聲針對毛澤東的文藝觀而發，周揚身爲毛澤東的豪奴，自然要出面吆喝了。

一九四九年七月，隨著共軍即將席捲大陸，「中華全國文學藝術工作者代表大會」在北京舉行，郭沫若爲總主席，茅盾、周揚爲副總主席，數百位出席者聽到毛澤東、朱德和周恩來的訓話，決議根據毛澤東延安文藝座談會的講話，嚴格予以執行。周揚在大會中聲稱，「講話」規定了新中國的文藝方向，解放區文藝工作者自覺地、堅決地實踐了這個方向，並以自己的全部經驗，證明了這個方向的完全正確，「深信除此之外再沒有第二個方向了，如果有，那就是錯誤的方向」⑰。周揚沒有料到，日後他本人的罪狀，正是反對這個方向。

⑮ 見《毛澤東思想萬歲》第一輯，中華民國國際關係研究所複製，一九七四年七月，頁四二一。
⑯ 引自趙聰：《新文學作家列傳》，臺北時報出版公司，民國六十九年六月初版，頁三〇。
⑰ 周揚：〈新的人民的文藝——一九四九年七月在中華全國文學藝術工作者代表大會上關於解放區文藝運動的報告〉，收入周揚：《堅決貫徹毛澤東文藝路線》，人民文學出版社，一九五二年二月北京初版，一九五二年六月北京第二版，頁二一。

一九五一年五月，中共發動了政權成立後的首次文藝整風，即〈武訓傳〉事件。周揚撰寫長文批判這部電影，指其主題反動，用改良主義代替革命，用個人奮鬬代替羣衆鬬爭，用卑躬屈節的投降主義代替革命的英雄主義。「電影中武訓的形象是醜惡的、虛僞的，在他身上反映了我國封建社會的黑暗和卑鄙，歌頌他就是歌頌黑暗和卑鄙，就是反人民的、反愛國主義的」⑱。編導孫瑜因此被迫自我批評，同時公開悔過。〈武訓傳〉落此下場，實因毛澤東受江青的影響所致，江青還以李進之名，加入「武訓歷史調查團」。周揚爲迎合毛江，也派親信袁水拍、秘書鍾惦棐共襄盛舉⑲。雖然如此，他終不能免於毛江在文革時的毒手。

一九五四年十月，俞平伯的《紅樓夢研究》引起第二次文藝整風，帶動全面的批判胡適思想，中共並對主持《文藝報》的馮雪峯，提出工作錯誤的檢查，此事延續到批鬬胡風的新整風開始後爲止。周揚銜毛澤東之命，對上述諸役無不參與。

該年十二月，周揚在文聯與作協主席團的擴大聯席會上，做了「我們必須戰鬬」的總結報告，表示「我們正在進行的對俞平伯在《紅樓夢研究》及其他著作中所表現的胡適派資產階級唯心論觀點的批判，是又一次反對資產階級思想的嚴重鬬爭，同時也是反對對資產階級思想的可恥

---

⑱ 周揚：〈反人民、反歷史的思想和反現實主義的藝術——電影〈武訓傳〉批判〉，收入周揚：《堅決貫徹毛澤東文藝路線》，同⑰，頁一三二。

⑲ 丁望：《三十年代作家評介》，臺北時報文化出版公司，民國六十七年一月初版，頁一七九。

的投降主義的鬭爭」[20]。在這樣冗長的詞句後，他重提對〈武訓傳〉的批判，指爲牽涉到如何對待革命傳統的問題；對《紅樓夢研究》的批判，則牽涉到如何對待文化遺產的問題。俞平伯的考證和評價《紅樓夢》，「有引導讀者逃避革命的政治目的」，被周揚列入胡適派，自然不能輕易過關。

周揚接著指出，《文藝報》的主要錯誤，就是對資產階級思想容忍和投降，對馬克思主義採取壓制的態度，愈來愈脫離黨的領導。至於胡風和中共之間的分歧，在對《紅樓夢》的評價上，在對《文藝報》的批評上，也在對馬克思主義的看法上。依周揚之見，胡風是在反對「學究式態度」的口號下，反對學習和宣傳馬克思主義。「我們知道，他從來都是片面地強調甚麼主觀『戰鬭精神』，而輕視馬克思主義的世界觀和馬克思主義理論的。目前，在人民羣衆，特別是知識界當中系統地學習和宣傳馬克思主義的不是太多，而是太少。在這種狀況下，胡風的輕視馬克思主義理論的態度就具有特別的危險性」[21]。周揚心所謂危，直指胡風計畫解除馬克思主義的武裝，

---

[20] 周揚：〈我們必須戰鬭——一九五四年十二月八日在中國文學藝術界聯合會主席團、中國作家協會主席團擴大聯席會議上的發言〉，收入《胡風文藝思想批判論文滙集》，復收入《中國現代文學史參考資料》第三卷，北京師範大學中文系現代文學教學改革小組編，高等教育出版社，一九五九年五月北京第一版第一次印刷，頁三九九。

[21] 同[20]，頁四〇九。

而過去文藝戰線上沒有鬪爭的風平浪靜狀態，不是一種正常的現象，只是一種嚴重的病態，應該早早結束。

最令人感到諷刺的，是周揚最後強調，要學習魯迅的戰鬪精神，對於敵人和敵對思想絕不妥協。「爲著保衛和發展馬克思主義，爲著保衛和發展社會主義現實主義，爲著發展科學事業和文學藝術事業，爲著經過社會主義革命將我國建設成爲一個偉大的社會主義國家，我們必須戰鬪㉒！」在周揚的戰鬪聲中，毛澤東親自出馬，胡風及其友人同遭抄家，檔案資料也被調到北京，毛澤東據此判定彼等爲「反革命」。一九五五年七月十六日，胡風被捕下獄，此後二十四年不見天日。

胡風事件後，莫斯科於一九五六年鞭屍史達林，立卽引起波蘭和匈牙利革命，毛澤東因此感到恐懼，乃於次年發起百家爭鳴、百花齊放運動，意在和緩人心，但不久變臉反撲，而有反右派鬪爭。周揚此時再度登場，把丁玲、陳企霞、馮雪峯打入反黨集團，說在延安時卽與王實味、蕭軍等「壞分子」串通一氣，馮雪峯尤被指爲胡風的同黨，吳祖光、秦兆陽也被點名批判。周揚指出，丁玲等人墮落成右派分子並非偶然，這是資產階級個人主義世界觀和共產主義世界觀長期對抗的必然結果，他們勉強過了民主革命的關，但不容易過社會主義的關。「在民主革命階段，他

㉒同⑳，頁四一六。

們和黨、和人民也並不是一條心。但是那時候反對的是帝國主義、封建主義和官僚資本主義，他們和黨的矛盾還可以暫時緩和或掩蓋。等到我國已經進入社會主義革命階級，資產階級變成了革命的對象。革命鋒芒所向，資產階級個人主義、自由主義及資產階級的其他種種表現都在掃蕩之列，這時他們發現革命所反對的正是在他們身上濃厚存在的東西。他們如果不肯改造自己的思想立場，就必然和社會主義制度發生衝突。社會主義革命愈深入，社會主義制度愈鞏固，他們的個人主義就愈沒有容身之地。他們和黨、和人民的關係就必然要達到破裂的地步」㉓。

這段話道破三十年代作家與中共恩怨的緣由，所謂「身在延安，心在上海亭子間」，亭子間雖窄，心情卻比較無羈，思想更可以脫繮，不似延安和中共入主後的北京，皆無自由可言。結果，「丁陳反黨集團」都被剝奪職業和黨籍，並下放勞改。「左聯」解散後兩個口號論爭時支持魯迅的黃源，也同遭整肅。令人感到周揚無情的，是其親密戰友徐懋庸被鬪，周揚藉此把寫信罵魯迅一事，說成徐的個人錯誤，與已無涉，這是一種滅口之舉。

一九六三年間，毛澤東對當時大陸的文化產品已感不悅，認為文藝領導機構以及文藝工作者，事實都轉向資本主義、修正主義的路上，致使社會主義改造在許多部門收效甚微，因此他咄

㉓ 周揚：〈文藝戰線上的一場大辯論〉（根據一九五七年九月十六日在中共中國作家協會黨組擴大會議上的講話整理、補充並和文藝界的一些同志交換了意見之後寫成），原載《人民日報》一九五八年二月二十八日，收入《中國現代文學史參考資料》第三卷，同⑳，頁六〇〇。

咄稱怪㉔。一九六四年六月，毛澤東按捺不住，直斥彼等不執行中共政策，跌到修正主義的邊緣。周揚由此感到警惕，便進行一次整風，批判了密友邵荃麟、夏衍和田漢，茅盾也受累而遭革職處分，但他本人終於難逃刼數。

三、周揚的轉變

一九六五年十一月一日，姚文元在上海《文滙報》發表〈評新編歷史劇「海瑞罷官」〉，揭開文化大革命的序幕。次年四月十八日，《解放軍報》發表社論，正式號召實施文革，其中論及三十年代的國防文學口號，認爲是某些領導人在王明右傾投降主義路線的影響下，背離了馬克思列寧的階級觀點，此說不啻公開否定周揚。七月十七日，《人民日報》和《解放軍報》同時刊出〈駁周揚的修正主義文藝綱領〉，指責周揚集團在三十年代提倡國防文學，打擊無產階級左翼文運的偉大旗手魯迅，並和毛澤東的〈延安文藝講話〉演對臺戲。七月二十九日，《光明日報》報導中共中央宣傳部舉行會議，「徹底打倒文藝界的活閻王，聲討周揚反黨反社會主義反毛澤東思

㉔ 毛澤東：〈關於文藝工作的批示〉（一九六三——一九六四年），收入《毛澤東思想萬歲》第三輯，中華民國國際關係研究所複製，一九七四年七月，頁二六。

想的滔天罪行。」稍早，七月一日出版的《紅旗雜誌》亦已正面攻擊周揚，揭發他於一九五七年利用批判馮雪峯和徐懋庸的機會，爲《魯迅全集》第六卷加一註解，是替自己開脫。周揚終在該年被撤職逮捕，夏衍、田漢及陽翰笙，當年與他合被魯迅諷爲「四條漢子」，也同遭公審鬬爭，其中夏衍以改編茅盾的〈林家鋪子〉搬上銀幕獲罪，田漢以歷史劇「謝瑤環」賈禍，陽翰笙以編導〈北國江南〉電影被整，當然這些都只是導火線。

周揚等人遭到清算，自與三十年代文藝的歷史評價有關。大陸文藝界確有許多人抵制毛澤東的文藝思想，不願深入工農兵的階級鬬爭生活，不願配合共產黨的中心運動，不願描寫欽定對象，念念不忘三十年代文藝，甚至公開表示繼承，不以四十年代延安的工農兵文藝爲正統。在此情景下，毛澤東必然採取行動。由於周揚是三十年代左翼文運的主要幹部，對此段歷史當然肯定，而他向來又是文藝部門的負責人，影響力也較廣，因此要動搖周揚的地位，以改變該時代予人的權威印象。換言之，周揚的難逃刼數，說明毛澤東嫌他執行命令尚不夠徹底，故由江青、張春橋、姚文元等取代。文化大革命的動機，除了牽涉中共的權力鬬爭，就是要摧毀所有與毛澤東思想不符的思想，江青等執行的文藝路線，在毛澤東心目中，自屬最爲正確。

一九七六年九月，毛澤東終於去世。次月，華國鋒逮捕了四人幫，象徵文化大革命的告終。一九七七年八月，中共召開十一全大會，正式宣布文革結束，並展開揭批四人幫的運動。九月三十日，消失多年的周揚，在北京參加了中共的「國慶」活動。他復出時一度沉默，後來擔任中國社會科學院副院長、社會科學院研究生院院長、第五屆全國政協常務委員、中共中央紀律檢查委員會常委、文聯副主席、作協副主席等職㉕，發言曾被視爲代表新的官方，最後更升任文聯主席。

一九七八年十二月，中共召開十一屆三中全會，華國鋒漸被架空，中共進入鄧小平時代。一九七九年十月，鄧小平在第四次「文代會」上發表祝詞，部分論調與四人幫無異：「我們要繼續堅持毛澤東同志的文藝爲最廣大的人民羣衆，首先是爲工農兵服務的方向㉖。」周揚在同一會場承認，大陸人民的傷痕，以及造成傷痕的幫派都客觀存在，因此作家無法粉飾，但他不贊成以自然主義精緻的方式加以反映，以免造成不利的思想和情緒。一九八一年四月，他加入攻擊白樺的行列，指出有些作家喜歡講良心和超階級的人性，不喜歡講黨性和革命性。他同時強調有些文藝作品企圖擺脫黨的領導，越出社會主義軌道，「這是很危險的，必須加以反對和克服」㉗。此說不但針對白樺的「苦戀」，也針對整個大陸文藝界的自由化傾向，雖然他已非首要的操刀者。

㉕「周揚」，收入《中國文學家辭典》現代第一分册，四川人民出版社，一九七九年十二月第一版第一次印刷，頁三六四。

㉖鄧小平：〈在中國文學藝術工作者第四次代表大會上的祝詞〉，《人民日報》，一九七九年十月三十一日。

㉗周揚：〈文學要給人民以力量——在一九八〇年全國優秀短篇小說評選發獎大會上的講話〉，《人民日報》，一九八一年四月二十一日。

令人感到歷史嘲弄的，就是周揚本人過去和稍後的罪名，也都是「搞資產階級自由化」。一九八三年十月，鄧小平在中共十二屆二中全會上，提出思想和文化戰線清除精神污染的問題，正式整肅理論界和文藝界。中共自稱造成污染的主因有二，一爲封建主義殘餘的影響，一爲資本主義思想的侵蝕。其實，後者尤爲中共所懼恨。十一月五日，周揚承認自己在三月份紀念馬克思逝世一百周年的學術會上，提出有關異化的文章本身「確有缺點」，深感「有負黨和人民的委託」。他表示對理論界和文藝界大量精神污染的現象，既缺乏了解，又缺乏研究，對嚴重的後果更估計不足，所以輕率地、不愼重地發表了那篇有缺點、錯誤的文章，「這是一個深刻的教訓」㉘。周揚在一九八三年三月談異化的文章，批評到專制主義，令人耳目一新，結果成爲罪狀。

該文首先指出，一百多年來馬克思主義所經歷的道路並不平坦，曾受到嚴峻的考驗，在一定時期和場合，也出現過停滯、倒退甚至質變。馬克思主義不僅運用批評和自我批評來克服自身的缺點，糾正自身的錯誤，並且隨著生產鬪爭、階級鬪爭和科學實驗的發展，改變自己的形式，這就防止了停滯和僵化。馬克思主義創始人並不認爲自己一切論斷和觀點都是臻於至善的永恒眞理，與此相反，他們批判了杜林對於「永恒眞理」這個字眼的庸俗玩弄。馬克思主義既然是發展

㉘ 周揚：〈就發表論述「異化」和「人道主義」文章的錯誤做自我批評〉（一九八三年十一月五日對新華社記者發表的談話），《人民日報》，一九八三年十一月六日。

的，所以對於社會主義革命和建設也就沒有固定的模式，每個民族都要從自己的實際出發，選擇自己的道路，在這個問題上，既不應強人從己，也不應強己從人。同時，共產黨不能走回頭路，完全照搬過去的經驗和理論，縱使這些經驗和理論曾是正確的，在當時條件下起過積極良好的作用，但在目前也要根據新情況加以重新檢驗和估計，需要發展的就應加以發展，需要改造的就應加以改造，而不能墨守成規。此種觀點接近修正主義，自爲教條派人士所不喜。

該文坦率以告，中共在建黨前沒有認識論方面的準備，不像俄國有赫爾岑和車爾尼雪夫斯基，他們不是馬克思主義者，但和馬克思主義比較接近。至於普列漢諾夫和列寧，在俄國革命前就發表了不少文章。中國的情況不同，陳獨秀雖是中共的創建人，實際只是一個激進的革命民主主義者。李大釗最早宣傳馬克思主義，是最早的建黨人之一，並且是第一個殉難者，「不過他的著作並不多」。凡此令人想起周揚在文革時的一項罪名，就是宣傳資產階級思想。一九三七年三月十日出版的《希望雜誌》創刊號，發表了周揚的〈藝術與人生——車爾芮雪夫斯基的《藝術與現實之美學關係》〉。將近半世紀後，周揚重提此位非馬克思主義者，顯示其情有獨鍾。對陳獨秀與李大釗的評價，更與中共不盡相同，但他所言爲實。

該文繼續痛陳，毛澤東晚年違反了初衷，背離自己堅持的矛盾同一性觀點，用「一分爲二」反對「合二而一」，把對立絕對化，甚至認爲綜合也只能用一方吃掉一方去解釋，這就造成了階級鬥爭擴大化的後果。此外，毛澤東在後來過分強調人的主觀能動性，以致把上層建築對基礎的反作用加以誇大，在大躍進時期造成了主觀主義的泛濫。另一方面，毛澤東又把理論爲實踐服務，了解爲單純地爲政治或階級鬪爭服務，忽視了理論的相對獨立性，給大陸理論界帶來一些消極影響，形成一種急功近利的學風。十一屆三中全會以後，實用主義受到了批判，「但我們在劃分實踐觀點和實用主義的區別上還沒有給予充分的注意」。十一屆三中全會以後的缺失，鄧小平必須負責，周揚直言的代價，卻是大半年後向中共致歉，非如此自我羞辱，實不足以過關。

該文同時承認，文化大革命前的十七年，共產黨對人道主義和人性問題的研究，以及對有關文藝作品的評價，曾經走過一些彎路，那時人性、人道主義往往成爲批判的對象，而不能做爲科學研究和討論的對象。共產黨一直把人道主義當做修正主義批判，認爲和馬克思主義絕不相容，這種批判很片面，有些甚至是錯誤的。「我過去發表的有關這方面的文章和講話，有些觀點是不正確或者不完全正確的」。此說帶有懺悔的成分，周揚復出後也常向昔日的受害作家道歉，似可證明他確已轉變。

該文最後指出，所謂異化，就是主體在發展的過程中，由於活動而產生自己的對立面，這個對立面成爲一種外在的、異己的力量，轉過來反對或支配主體本身。馬克思講的異化，是現實人類的異化，主要是勞動的異化，此在一八四四年「經濟學——哲學手稿」中有詳細的論述，後來他把這個思想發展爲「剩餘價值說」，在「資本論」中講得很清楚，「那種認爲馬克思在後期拋棄了『異化』概念的說法，是沒有根據的」。而研究異化問題，在政治、經濟、文化建設各個方面，採取正確區分兩類矛盾的方法，克服和消除異化現象，是當前理論和實踐的重要課題㉙。該文推出後，周揚贏得喝采，也遭到致命的打擊。鄧小平稍後即展開清除精神污染運動，胡喬木把握時機，當面指責周揚「反對黨中央」，並提醒他不要當青年的尾巴。周揚表示當尾巴固然不對，當絆腳石更不光彩㉚。但在胡喬木和鄧力羣輪番威脅哄騙下，周揚終於提出了「檢討」，從此身心狀況急轉直下，一九八四年患腦血管病入院治療㉛，不久惡化到完全失去意識，靠藥物勉強維持生命，五年後結束了波濤洶湧的一生。

四、結論

周揚出身地主之家，與周谷城、周立波合稱「益陽三周」，在文化界皆享盛名。青年時代他適逢舉世左傾的狂潮，遂加入共產黨，擔任地下文委的重責，被魯迅指爲「倚勢定人罪名，而且重得可怕的橫暴者」㉜。四十年代起，他執行毛澤東的文藝政策，因操生殺之權，更爲衆人懼

㉙ 周揚：〈關於馬克思主義的幾個理論問題的探討〉，《人民日報》，一九八三年三月十六日。

㉚ 周密：〈懷念爸爸周揚〉(四)，香港《大公報》，一九八九年八月十六日。

㉛ 〈周揚夫人蘇靈揚談周揚近況〉，原載《文學報》，香港《文滙報》轉載，一九八六年十月二十八日。

㉜ 同❻，頁五三七。

恨。直至文化大革命爆發，他亦不能倖免於難，在牢中帶上鐐銬，度過非人的九年，出獄時正好七十歲。囚徒生活使他得以反省，承認自己在錯誤路線的形成過程中，也有相當的責任。「在自己主管的範圍內，傷害過不少同志和戰友，使他們多年來得不到公正的待遇，失掉了爲黨爲人民工作的機會。想到這裏，自己心裏很不平靜」㉝。他不止一次在公共場合表示，願向受到傷害的朋友及其家屬道歉，並親訪馮雪峯、胡風和丁玲等，表達晚年壯悔之意，凡此似可略滌早期的汚垢。

然而周揚的轉變，並不代表中共的轉變。恰恰相反，周揚因轉變而受到中共的處分，激發病變，以至於死。在他成爲植物人後，中共又製造了方勵之事件、劉賓雁事件、王若望事件，以及反資產階級自由化運動等，終有一九八九年對青年學生和廣大人民的屠殺。周揚失去知覺，不聞上述慘事，不再受到刺激，可謂不幸之幸。我們要問的是：從毛澤東到鄧小平，中共的進步何在？文藝的春天又何處尋覓？

㉝ 周密：〈懷念爸爸周揚〉（三），香港《大公報》，一九八九年八月十五日。

滄海叢刊已刊行書目（八）

書名	作者	類別
文學欣賞的靈魂	劉述先	西洋文學
西洋兒童文學史	葉詠琍	西洋文學
現代藝術哲學	孫旗 譯	藝術
音樂人生	黃友棣	音樂
音樂與我	趙琴	音樂
音樂伴我遊	趙琴	音樂
爐邊閒話	李抱忱	音樂
琴臺碎語	黃友棣	音樂
音樂隨筆	趙琴	音樂
樂林蓽露	黃友棣	音樂
樂谷鳴泉	黃友棣	音樂
樂韻飄香	黃友棣	音樂
樂圃長春	黃友棣	音樂
色彩基礎	何耀宗	美術
水彩技巧與創作	劉其偉	美術
繪畫隨筆	陳景容	美術
素描的技法	陳景容	美術
人體工學與安全	劉其偉	美術
立體造形基本設計	張長傑	美術
工藝材料	李鈞棫	美術
石膏工藝	李鈞棫	美術
裝飾工藝	張長傑	美術
都市計劃概論	王紀鯤	建築
建築設計方法	陳政雄	建築
建築基本畫	陳榮美 楊麗黛	建築
建築鋼屋架結構設計	王萬雄	建築
中國的建築藝術	張紹載	建築
室內環境設計	李琬琬	建築
現代工藝概論	張長傑	雕刻
藤竹工	張長傑	雕刻
戲劇藝術之發展及其原理	趙如琳 譯	戲劇
戲劇編寫法	方寸	戲劇
時代的經驗	汪琪 彭家發	新聞
大衆傳播的挑戰	石永貴	新聞
書法與心理	高尚仁	心理

滄海叢刊已刊行書目(七)

書名	作者	類別
印度文學歷代名著選(上)(下)	糜文開編譯	文學
寒山子研究	陳慧劍	文學
魯迅這個人	劉心皇	文學
孟學的現代意義	王支洪	文學
比較詩學	葉維廉	比較文學
結構主義與中國文學	周英雄	比較文學
主題學研究論文集	陳鵬翔主編	比較文學
中國小說比較研究	侯健	比較文學
現象學與文學批評	鄭樹森編	比較文學
記號詩學	古添洪	比較文學
中美文學因緣	鄭樹森編	比較文學
文學因緣	鄭樹森	比較文學
比較文學理論與實踐	張漢良	比較文學
韓非子析論	謝雲飛	中國文學
陶淵明評論	李辰冬	中國文學
中國文學論叢	錢穆	中國文學
文學新論	李辰冬	中國文學
離騷九歌九章淺釋	繆天華	中國文學
苕華詞與人間詞話述評	王宗樂	中國文學
杜甫作品繫年	李辰冬	中國文學
元曲六大家	應裕康 王忠林	中國文學
詩經研讀指導	裴普賢	中國文學
迦陵談詩二集	葉嘉瑩	中國文學
莊子及其文學	黃錦鋐	中國文學
歐陽修詩本義研究	裴普賢	中國文學
清真詞研究	王支洪	中國文學
宋儒風範	董金裕	中國文學
紅樓夢的文學價值	羅盤	中國文學
四說論叢	羅盤	中國文學
中國文學鑑賞舉隅	黃慶萱 許家鸞	中國文學
牛李黨爭與唐代文學	傅錫壬	中國文學
增訂江皋集	吳俊升	中國文學
浮士德研究	李辰冬譯	西洋文學
蘇忍尼辛選集	劉安雲譯	西洋文學

滄海叢刊已刊行書目㈥

書名	作者	類別
卡薩爾斯之琴	葉石濤	文學
青囊夜燈	許振江	文學
我永遠年輕	唐文標	文學
分析文學	陳啓佑	文學
思想起	陌上塵	文學
心酸記	李喬	文學
離訣	林蒼鬱	文學
孤獨園	林蒼鬱	文學
托塔少年	林文欽編	文學
北美情逅	卜貴美	文學
女兵自傳	謝冰瑩	文學
抗戰日記	謝冰瑩	文學
我在日本	謝冰瑩	文學
給青年朋友的信(上)(下)	謝冰瑩	文學
冰瑩書柬	謝冰瑩	文學
孤寂中的廻響	洛夫	文學
火天使	趙衛民	文學
無塵的鏡子	張默	文學
大漢心聲	張起鈞	文學
回首叫雲飛起	羊令野	文學
康莊有待	向陽	文學
情愛與文學	周伯乃	文學
湍流偶拾	繆天華	文學
文學之旅	蕭傳文	文學
鼓瑟集	幼柏	文學
種子落地	葉海煙	文學
文學邊緣	周玉山	文學
大陸文藝新探	周玉山	文學
累廬聲氣集	姜超嶽	文學
實用文纂	姜超嶽	文學
林下生涯	姜超嶽	文學
材與不材之間	王邦雄	文學
人生小語㈠㈡	何秀煌	文學
兒童文學	葉詠琍	文學

滄海叢刊已刊行書目(五)

書名	作者	類別
中西文學關係研究	王潤華	文學
文開隨筆	糜文開	文學
知識之劍	陳鼎環	文學
野草詞	韋瀚章	文學
李韶歌詞集	李韶	文學
石頭的研究	戴天	文學
留不住的航渡	葉維廉	文學
三十年詩	葉維廉	文學
現代散文欣賞	鄭明娳	文學
現代文學評論	亞菁	文學
三十年代作家論	姜穆	文學
當代臺灣作家論	何欣	文學
藍天白雲集	梁容若	文學
見賢集	鄭彥棻	文學
思齊集	鄭彥棻	文學
寫作是藝術	張秀亞	文學
孟武自選文集	薩孟武	文學
小説創作論	羅盤	文學
細讀現代小説	張素貞	文學
往日旋律	幼柏	文學
城市筆記	巴斯	文學
歐羅巴的蘆笛	葉維廉	文學
一個中國的海	葉維廉	文學
山外有山	李英豪	文學
現實的探索	陳銘磻編	文學
金排附	鍾延豪	文學
放鷹	吳錦發	文學
黃巢殺人八百萬	宋澤萊	文學
燈下燈	蕭蕭	文學
陽關千唱	陳煌	文學
種籽	向陽	文學
泥土的香味	彭瑞金	文學
無緣廟	陳艷秋	文學
鄉事	林清玄	文學
余忠雄的春天	鍾鐵民	文學
吳煦斌小説集	吳煦斌	文學

滄海叢刊已刊行書目㈣

書名	作者	類別
歷史圈外	朱桂	歷史
中國人的故事	夏雨人	歷史
老臺灣	陳冠學	歷史
古史地理論叢	錢穆	歷史
秦漢史	錢穆	歷史
秦漢史論稿	刑義田	歷史
我這半生	毛振翔	歷史
三生有幸	吳相湘	傳記
弘一大師傳	陳慧劍	傳記
蘇曼殊大師新傳	劉心皇	傳記
當代佛門人物	陳慧劍	傳記
孤兒心影錄	張國柱	傳記
精忠岳飛傳	李安	傳記
八十憶雙親 師友雜憶 合刊	錢穆	傳記
困勉強狷八十年	陶百川	傳記
中國歷史精神	錢穆	史學
國史新論	錢穆	史學
與西方史家論中國史學	杜維運	史學
清代史學與史家	杜維運	史學
中國文字學	潘重規	語言
中國聲韻學	潘重規 陳紹棠	語言
文學與音律	謝雲飛	語言
還鄉夢的幻滅	賴景瑚	文學
葫蘆・再見	鄭明娳	文學
大地之歌	大地詩社	文學
青春	葉蟬貞	文學
比較文學的墾拓在臺灣	古添洪 陳慧樺 主編	文學
從比較神話到文學	古添洪 陳慧樺	文學
解構批評論集	廖炳惠	文學
牧場的情思	張媛媛	文學
萍踪憶語	賴景瑚	文學
讀書與生活	琦君	文學

滄海叢刊已刊行書目(三)

書名	作者	類別
不疑不懼	王洪鈞	敎育
文化與教育	錢穆	敎育
教育叢談	上官業佑	敎育
印度文化十八篇	糜文開	社會
中華文化十二講	錢穆	社會
清代科舉	劉兆璸	社會
世界局勢與中國文化	錢穆	社會
國家論	薩孟武譯	社會
紅樓夢與中國舊家庭	薩孟武	社會
社會學與中國研究	蔡文輝	社會
我國社會的變遷與發展	朱岑樓主編	社會
開放的多元社會	楊國樞	社會
社會、文化和知識份子	葉啓政	社會
臺灣與美國社會問題	蔡文輝 蕭新煌 主編	社會
日本社會的結構	福武直 著 王世雄 譯	社會
三十年來我國人文及社會科學之回顧與展望		社會
財經文存	王作榮	經濟
財經時論	楊道淮	經濟
中國歷代政治得失	錢穆	政治
周禮的政治思想	周世輔 周文湘	政治
儒家政論衍義	薩孟武	政治
先秦政治思想史	梁啓超原著 賈馥茗標點	政治
當代中國與民主	周陽山	政治
中國現代軍事史	劉馥著 梅寅生譯	軍事
憲法論集	林紀東	法律
憲法論叢	鄭彥棻	法律
師友風義	鄭彥棻	歷史
黃帝	錢穆	歷史
歷史與人物	吳相湘	歷史
歷史與文化論叢	錢穆	歷史

滄海叢刊已刊行書目(二)

書名	作者	類別
語言哲學	劉福增	哲學
邏輯與設基法	劉福增	哲學
知識·邏輯·科學哲學	林正弘	哲學
中國管理哲學	曾仕强	哲學
老子的哲學	王邦雄	中國哲學
孔學漫談	余家菊	中國哲學
中庸誠的哲學	吳怡	中國哲學
哲學演講錄	吳怡	中國哲學
墨家的哲學方法	鐘友聯	中國哲學
韓非子的哲學	王邦雄	中國哲學
墨家哲學	蔡仁厚	中國哲學
知識、理性與生命	孫寶琛	中國哲學
逍遥的莊子	吳怡	中國哲學
中國哲學的生命和方法	吳怡	中國哲學
儒家與現代中國	韋政通	中國哲學
希臘哲學趣談	鄔昆如	西洋哲學
中世哲學趣談	鄔昆如	西洋哲學
近代哲學趣談	鄔昆如	西洋哲學
現代哲學趣談	鄔昆如	西洋哲學
現代哲學述評(一)	傅佩榮譯	西洋哲學
懷海德哲學	楊士毅	西洋哲學
思想的貧困	韋政通	思想
不以規矩不能成方圓	劉君燦	思想
佛學研究	周中一	佛學
佛學論著	周中一	佛學
現代佛學原理	鄭金德	佛學
禪話	周中一	佛學
天人之際	李杏邨	佛學
公案禪語	吳怡	佛學
佛教思想新論	楊惠南	佛學
禪學講話	芝峯法師譯	佛學
圓滿生命的實現(布施波羅蜜)	陳柏達	佛學
絶對與圓融	霍韜晦	佛學
佛學研究指南	關世謙譯	佛學
當代學人談佛教	楊惠南編	佛學

滄海叢刊已刊行書目(一)

書名	作者	類別
國父道德言論類輯	陳立夫	國父遺教
中國學術思想史論叢(一)(二)(三)(四)(五)(六)(七)(八)	錢穆	國學
現代中國學術論衡	錢穆	國學
兩漢經學今古文平議	錢穆	國學
朱子學提綱	錢穆	國學
先秦諸子繫年	錢穆	國學
先秦諸子論叢	唐端正	國學
先秦諸子論叢(續篇)	唐端正	國學
儒學傳統與文化創新	黃俊傑	國學
宋代理學三書隨劄	錢穆	國學
莊子纂箋	錢穆	國學
湖上閒思錄	錢穆	哲學
人生十論	錢穆	哲學
晚學盲言	錢穆	哲學
中國百位哲學家	黎建球	哲學
西洋百位哲學家	鄔昆如	哲學
現代存在思想家	項退結	哲學
比較哲學與文化(一)(二)	吳森	哲學
文化哲學講錄(一)(二)(三)(四)(五)	鄔昆如	哲學
哲學淺論	張康譯	哲學
哲學十大問題	鄔昆如	哲學
哲學智慧的尋求	何秀煌	哲學
哲學的智慧與歷史的聰明	何秀煌	哲學
內心悅樂之源泉	吳經熊	哲學
從西方哲學到禪佛教—「哲學與宗教」一集—	傅偉勳	哲學
批判的繼承與創造的發展—「哲學與宗教」二集—	傅偉勳	哲學
愛的哲學	蘇昌美	哲學
是與非	張身華譯	哲學